锐
小说

天 堂 湾

卢一萍 〰〰〰〰 著

南方出版传媒
花城出版社
中国·广州

图书在版编目（ＣＩＰ）数据

天堂湾 / 卢一萍著. -- 广州 ： 花城出版社,
2016.5
（锐·小说）
ISBN 978-7-5360-7895-6

Ⅰ．①天… Ⅱ．①卢… Ⅲ．①中篇小说－小说集－中
国－当代 Ⅳ．①I247.5

中国版本图书馆CIP数据核字(2016)第064479号

出 版 人：詹秀敏
责任编辑：文 珍 周思仪
技术编辑：薛伟民 凌春梅
封面设计： 棱角视觉
ANGULAR VISION

书 名 天堂湾
TIAN TANG WAN
出版发行 花城出版社
（广州市环市东路水荫路 11 号）
经 销 全国新华书店
印 刷 广东新华印刷有限公司
（广东省佛山市南海区盐步河东中心路 23 号）
开 本 880 毫米×1230 毫米 32 开
印 张 6.625 2 插页
字 数 119,000 字
版 次 2016 年 5 月第 1 版 2016 年 5 月第 1 次印刷
定 价 28.00 元

如发现印装质量问题，请直接与印刷厂联系调换。
购书热线：020 - 37604658 37602954
花城出版社网站：http://www.fcph.com.cn

目　录　⬡

天堂湾

一、红牌凌高排

我刚出发往高原走的时候，得到了杨烈猝死这个可怕的消息。我和杨烈在军校是一个学员大队的，我们又一起分配到了边防 T 团。我没有想到，老万那辆军车颠簸了六天，好不容易把他从这座大漠边缘的绿洲小城驮负到了海拔 5300 多米的天堂湾边防连，他的背包还没来得及打开，就牺牲了。我更没有想到的是，这个骄傲的军人，他没有死在别的地方，而是死在了天堂湾边防连的厕所里。他蹲在蹲坑上，光着屁股，把自己定格在那里了。

杨烈本来是被留在团宣传股当干事的，到天堂湾边防连应该是我。但他坚持要去，团里便把我和他做了对调。

他是一个高傲的家伙。虽然他知道集体生活的原则，但他与很多人保持着一种内心的距离，只和我交往得深一些。集体生活的原则是不能把自己孤立起来，这样做，你的成绩很难得到承认，就在平时无聊的时候，你也可能找不到人和你闲扯，真的打起仗来，你需要救援的时候，他们也不情愿把你从危险中救出来，他们会在心里说，他娘的，你不是傲气得很吗？还要我们救你？但他不管这些。

他之所以这么做，是因为在他看来，好多人平时端正挺拔，但一到毕业分配的时候，就毕业后到哪里去的问题就把他们搞趴下了。因为好多人只会一条，那就是求人。当一个军人先跟人家挺得笔直，敬个军礼，然后拿出一兜子烟酒、补品，涎笑着请人家帮个忙，分个好去处时，这个军人不管他以前有多优秀，从那一刻起，他娘的，他就把军人的骨气丢尽了。他已失去了做一个军人的资格。

我就是听了他这通鼓噪，高傲地没去找任何人，最后被分配到边防上来的。我是践行他想法的唯一的追随者。

你肯定也会说，他是"服从组织分配、自愿到边疆建功立业"的典型，他这样做，不是也用了心机吗？可以这么说。但不能用"心机"这个词，可以说是计谋。计谋对一个军人是很重要的，一个军人不懂计谋，还能做什么军人？

虽然我和他学的是特种兵专业，但分配的时候却不一定能分到特种兵部队去，我们教育的现实是，所学与所用是无关的，这其实是对你所学的彻底否定。

快毕业的时候，军校表面上还是那样斗志昂扬，铿锵铁血，但私底下却笼罩着一种特殊的颓丧和伤感的气氛——这种气氛只要有那么三五个悲观主义者就可以营造出来。毕业分配这一步对每一个人都很重要，谁都希望自己能分到一个经济发达、条件优越的、驻地在城市的部队里去，谁都不愿意去条件艰苦的地方，更不用说边防、海防、全训部队了。他们魂不守舍、唉声叹气，好像即将面临的是个杀场。好多人都在想办法，找关系，把姑舅叔伯、亲戚邻里、战友老乡，只要能想到的都翻弄了一遍，看谁能不能帮上个忙。不太忙乎的只有一种人，那就是真有门路的几个家伙，他们这几天一有空闲就凑在一起斗地主。杨烈不愿意求人，所以当即奋笔疾书，给学校写了一份自愿到边防、海防去工作的申请书。

他是这么想的：我们中的一些人，不管他怎么折腾，最后还是会被分到条件艰苦的部队去。与其如此，还不如自己申请去算了。这样，学校高兴，把你树成典型，为你开个表彰大会，让你在全校学员面前发言，领导号召大家向你学习，你从此载入校史，你走的时候，校领导亲自为你送行，多么体面风光！到了下面的部队，人家也会注意，说这个学员思想素质好，提职晋升也会优先考虑。再者，你是自愿到艰苦地区去的，官兵们看你就不一样。所谓计谋，不过如此。

而有他这种想法的，不仅他一个人，但他是第一个，是在学员大队还没有动员的时候就主动要求的，后面这些交上去的申请书，可能激情比他饱满、决心比他坚决，但不过是在他的"带动鼓励下"所做出的行为。当然，这其中有些人的想法和行为可能还比他单纯。但一个军人讲究的是把握战机，勇谋兼具。

整个过程和他设想的分毫不差。但命令真的下达，他知道了自己要去哪里的时候，他还是既担忧，又兴奋。

胖胖的、笑眯眯的政委和精瘦的、随时冷着一张脸的院长亲自到车站来为他送行。在火车站，政委收起他的笑，严肃地对他说，你有理想，有抱负，好好干！院长则挂上了笑脸，拍了拍他的肩膀说，小子，以后当了将军，不要忘了我这个院长！

那个时刻，他……他妈的的确是热血飞扬，觉得自己是关羽再世，恨不能立马跨上赤兔马、拎起偃月刀，日行三千里，飞赴边关，撒播威名。

火车走了好久，他还没有回过神来。我实在看不下去他那副沉迷的样子，捅了捅他，说，快醒醒了，火车已跑了一百多公里了。

他掩饰地笑了笑，说，哎，就要离开这座摸爬滚打了四年的城市了！

二、少尉干事李慰红

杨烈做报告是我陪他的。他的这个报告在防区做得不是很成功。掌声很热烈，但那只是体现了我们部队的纪律性和礼貌而已。其实，所有类似的报告都不过如此。更何况，我们在这风雪边关干了好些年了，你个红牌还没有找到搁屁股的地方、还不知道边境是个什么样呢，有什么资格在我们面前谈热爱边疆、无私奉献、艰苦奋斗？那报告在防区做了两天，每天三场，连轴做下来。他觉得真是既恶心人家，也恶心自己。做到最后，他自己像得了厌食症，茶饭不思；又像偷情怀孕的少女，吃啥吐啥，忐忑难安。

做完报告后，防区宣传科科长用副政委的"牛头"把他很正式、很庄重地送回了团部。他在路上就跟我说，做这种报告真是累死人了，他回到招待所要先冲个热水澡，好好睡一觉。没想回来后，他的凤巢已变成了鸡窝。我叫招待员给他开门。招待员说门没有锁，他现在住三楼右手第三间，还有，晚上招待所不开伙，李干事，你叫他自己带餐具到机关食堂吃饭吧。

他前几天是和团首长一起吃小灶的，招待所那位白净得像姑娘似的招待员的话已委婉地告诉了他，他不能再跟团首长一起进餐了。我带他进了三楼右手第三间房，一开门，一股酸馊味和脚臭味就迎面扑来。那个半边脸黑得像煤炭一样的鬼脸老万正在呼呼大睡，他鼾声如雷，每扯一声呼噜，鼓扯得整个房间像气球一样鼓胀着，他睡觉的铁床也会随之发出一阵颤动。杨烈的迷彩背包孤零零地扔在一张铁床上。招待员根本没有跟他讲，就把他的行李扔到这里来了。这些红牌，不管你有多牛逼，在这里都得收起。

你到了这个地方，即使你马上就是一名军官，即使你的兵龄比招待员长，但因为你是个新来者，所以还得把自己当作新兵蛋子看。

先前，因为杨烈是"先进典型"，所以得以享受吃小灶、住军官住的标准间的待遇，现在，他已正式成为边防T团的一员，杨烈当时的身份还是学员，还是一个介于士兵与军官之间的混沌身份，所以，在军队这个等级分明的机构里，之前的特殊待遇都得全部收起来，他得回到T团的等级秩序中——从铺着白床单、白被套，茶几上摆放着水果和干果的标准间搬到充满大兵臭味的士兵宿舍。房间是上下铺，一个房间睡八个人，每个人都是匆匆过客，所以房间脏乱、被褥污秽，苍蝇乱飞；窗玻璃上蒙着一层厚厚的从塔克拉玛干吹来的黄褐色沙尘，墙壁上写着各种留言，在污脏的腈纶布窗帘后面，竟然还有一幅脏画。门后的角落里堆着方便面袋子、饼干的包装盒、羊骨头、猪骨头、白酒瓶、啤酒瓶、易拉罐、果皮、一双穿坏了的军用胶鞋。看到这种情景，连我都有些冒火。

我把门打开，杨烈和我都坐不住，也没法坐住。但我坚持着。他到充满尿臊味的卫生间找到了扫把，把那堆垃圾弄走了。招待员见了，嘻嘻一笑，说，先进典型的思想就是先进啊！我看了看他那张白净的脸，想着如果我要抽他，该怎样下手。但我最终没有抽他，我只是说，你小子，一点也不知道羞耻。他还是嘻嘻一笑，说，我不管打扫猪圈。我不想再理他，这种机关兵，人前说人话，鬼前说鬼话，善于察言观色，长于见风使舵，早早地成了兵油子。

我见他有些落寞，想着也没有什么事，就打算陪他一会儿。抽完一支莫合烟，又卷了一支。递给他，来，尝尝新疆的莫合烟。

烟味儿很独特，可惜我不会抽。他有些抱歉地说。

不会就学。在山上没个烟，日子难过得很。

还是不抽吧，到时熬不住了再说。

这时，老万醒来了，他打了一个哈欠，伸了一个长长的懒腰，用很重的陕西口音对我说，李大干事，怎么舍得光临猪圈啊？

我说，你看你睡得像猪一样，我陪杨烈同志到防区做完报告刚回来。他是北方陆军学院特种兵专业的高材生，是主动要求到我们团来工作的。我接着又介绍道，老万，人称鬼脸老万，车技一流，我们团边防一线的很多重大任务都是他来完成。

他伸出手，和坐在床上的老万握了握。

我把卷好的莫合烟递给老万，老万贪婪地大吸了一口，问他，这猪圈是你打扫的？

杨烈说，太脏了，顺便打扫了一下。

老万用像是早就认识他的口气对他说，本来想再睡一会儿，你打扫得这么干净，就睡毯不着了。

他有些抱歉地看了看老万，像是忍不住好奇，他们怎么给你取了鬼脸老万这个绰号呢？

我帮老万回答道，那是他当第二年兵的时候，出去执行潜伏任务。快到中午了，突然感到脸上像被烙铁烙了一下，然后他的脸就被灼伤了。那是由于太阳光反射到冰面上，聚光后恰巧"唰"地打到他脸上，他就成了鬼脸，不过，我们把这叫作"阳光之吻"。因为他车技好，鬼脸老万这名字，新疆从喀什算起，西藏从拉萨算起，跑这条线的人都晓得他，也可以说是名震新藏线了。

老万听我说完，颇是得意地呵呵笑了。笑完，又解释了一句，我当兵十五年，在这条线上就跑了十四年半。明天一早，你们这些新来的就搭我的车去天堂湾。

杨烈问道，明天一早就走啊？

老万说，明天早上六点就得出发。

当天下午，干部股的张干事到招待所告诉了杨烈明天出发去天堂湾任副连长的命令。让他出任副连长，就是因为他是典型，而其他人，虽然军衔是中尉，级别是副连，但还得先干排长。这种任命有些操蛋。副连职中尉排长，跟人说起，人家就会觉得你的能力有问题。至于为什么让他到天堂湾，张干事说，天堂湾马上要授予荣誉称号，你是先进典型，当然该到那里去工作。

他准备好东西，然后给他的女友写了一封信。但他没有把那封信寄走，因为他的信写得有些过于伤感了。他又试图给父母写信。他说他必须告诉他们，因为他们知道他该毕业了，知道他就要到部队去工作，他们在期盼着他的信。他只能采取一种模糊的战术，告诉他们他分到了89140部队，刚来报到，这里一切都好，一切安排好后，他再写信给他们。总之，信很简短，对自己所到达的地方语焉不详。我想，他是怕父母知道他来到了这么艰苦的地方会担心。

老万去检修了汽车，加好了油，然后就一直半靠在铁床上发呆。老万今天上午刚从高原上颠簸下来，明天又要颠簸着往上爬，他需要这样稳当地坐一坐。我抽了好几支莫合烟。屋子里弥漫着那种特殊的香味。我就这样差不多坐了一个下午，看他在信纸上忙碌。

他写完信后，我说，我带你和老万出去转转。

他受纪律的约束，有些犹豫。

我说，我带你参观参观营区，这里可能就是你要长期战斗的地方了，副连长、连长、副营、正营、副团、团长，然后你才有可能高升，离开这个营院。

你这样一说，真令人绝望。

事实就是这样。你现在想起来好像很遥远似的，其实很快。我现在可是知道了，这世界上最不经用的就是时间。

李干事，你是个老兵，你经历了很多东西，你可以这么说。

营区在县城一角，面临一大片绿洲。北面是一座石山，大部分光秃着，四周长着白杨和水柳。山上是四通八达的战壕，战壕又连接着众多的碉堡和暗堡。这都是与原苏联对抗时修筑的，但现在还没有荒废。为了躲避巡逻的哨兵，我们傍着营区内的建筑，翻过第一道围墙，然后进入了围墙后面的战壕里。顺着战壕，我们来到了高地上。

站在高地上，可以看到夕阳给整个绿洲镀上了薄薄的晚霞。东侧，是笼罩在白杨树中的县城，因为正是做晚饭的时候，县城上空笼罩着一层淡淡的雾霭。更远处，白杨呈网格状分割着绿洲，构成了抵御来自塔克拉玛干沙漠风沙的网络。有一条不知名的小河从平原间穿过，河道蜿蜒，时隐时现，如同飘带。夕阳洒在河面上，闪耀着红铜般的亮光。

我问他，你想不想到县城去转转？翻过那道有铁丝网的围墙就到了。

他说，我在这上面望一眼就行了。

我说，这县城，你现在嫌它小，等你在上面待一段时间，再看到它的时候，就会觉得它怎么会这么大，这么繁华啊！你这一上山，搞不好一两年下不来，这将是你这一两年内最后一次看到的城市。我说完，就站起来，把烟头用脚摁灭，说，你不去算了，你等我会儿，最多二十分钟我就回来！我说完，就跳过战壕，翻过围墙，向县城走去。

我买了猪蹄、鸡爪、花生米，还有一瓶白酒。提着这些东西，我回到了他的身边。我说，我请客。我在碉堡背风的一面把酒肉摆好，问他，你不会扫兴说你不会喝酒吧？

一看就知道他的确很少喝白酒，但他不忍心扫我的兴，还是答应陪我喝几口。

我们坐在地上，背靠着碉堡。夕阳像一坨即将燃尽的木炭，在我们身后缓缓下沉。

我递给他一只猪蹄。你先啃上一只。看他咬了一口，我就接着问他，这猪蹄卤得怎样？

味道的确很好。

听他这么说，我很高兴，我把酒瓶打开，说，来，你先整一口！这是昆仑大曲，62度，喝着带劲。

他说，我从没有喝过这么高度数的酒。他抿了一口，说，这酒就像火一样在我嘴里乱窜。他的脸皱得跟一颗核桃似的。

我看他那样，像个兄长一样，呵呵笑了。你这样喝酒酒都在嘴里窜着呢，看我——我说完，"咕咚"喝了一大口，咂吧了一下嘴，然后很享受地、长长地舒了一口气。要像我这样大口喝酒，酒才能下到肚子里去。

他照着我的样子，又喝了几口。他很快就有了醉意。

回到"猪圈"，天已黑了，T团营区内，只有办公楼上有几扇窗户亮着灯，其他房间的灯都被茂密的白杨树遮住了。营区陷进了黑暗之中，但很快，它的轮廓就被昏黄的月色勾勒了出来。

三、中尉干事凌高排

　　我现在上天堂湾去，是要先去对杨烈的死因做一个调查，然后留下来，接替他担任天堂湾边防连的副连长。我现在走过的路，就是杨烈前几天刚刚走过的。我不知道这条路是不是留在了他的记忆里。而现在，他的灵魂可能正顺着这条路来找我，想告诉我他死亡的原因。我多想他来告诉我，这不过是一个玩笑。这家伙长着一张有些滑稽的娃娃脸，两个脸蛋随时都是红扑扑的，一运动的时候，红得更像苹果似的。有时候就是抹上迷彩色，也掩盖不住他的红脸蛋。他爱开玩笑。但很多时候都把玩笑当真。虽然这样，我还是有些佩服他。在我们那个学员大队，好多人都只佩服自己，能佩服他的可能就我了。没想这家伙会像苹果一样不经摔打，刚一掉到高原上，就摔碎了。你他妈的！我骂了一句。我的眼睛又模糊了。

　　想骂你就骂吧。拉我上去的老万宽容地说。

　　"我骂的是自己。本来该是我到天堂湾去的。"

　　"世上没有后悔药。"老兵说这句话时，军车刚好近乎仪式般地缓缓跨过"零公里"那个路标。

　　这里就是新藏公路的起点。从这里开始，等待我的将是一个陌生的世界。单车走世界屋脊，任何人都会感到畏惧。

那毕竟不只是一块悬于高空、神奇诡异的高原，还是一片沉雄辽阔的梦境，几千年来，没人能够惊醒它。杨烈的死告诉我，在那里，仅有勇敢和万丈雄心是不够的。勇敢在它面前会显得幼稚和鲁莽；因为它本身就是一种无可比拟的高度，所以万丈雄心在它面前也会显得矮小。

在那里，你首先得学会敬畏自然。

这些遍布于昆仑和阿里积雪覆盖的群山、飓风横扫的荒原、奔腾汹涌的河流、险恶卓绝的山谷和高耸云天的大坂的妖魔鬼怪，虽然来自于人类的信仰，但他们以信仰的方式存在于天地之中，传播于时空之间，它告诉我们，凭我们弱小的肉体是无法不敬畏的。

我宁愿相信它是一个看得见，却不甚清晰的世界，或是一个超越宇宙现实的纯净领域，只有满怀虔诚之心，用信仰者的眼光才能看得分明，只有用静穆、庄重的准则和繁复的宗教仪式才能控制，只有将自己的身心融入其中，成为其虔诚的部分才能理解。

我们前往的是神的领域，圣的居所。神圣之域，那不仅是地理上的，更是信仰上的。

我觉得自己不是走在新藏线上，而是站在易水之滨，到处一片肃杀苍凉的景象。铅云满天，黄叶遍地，恍然觉得自己正是一白袍飘然、利刃在握的壮士，正要去刺杀这凌驾天下，目空一切的山的暴君，为杨烈复仇。

过了八十里兰干，人烟渐渐稀少。又行五十公里，到了普沙，它是最后一个村庄。在大山的怀抱里，军车像一粒尘沙，随时有可能被一阵风刮得无影无踪。

我想说什么，老兵毫不客气地让我闭上嘴，在这条路上最好少说话。

这条公路平均海拔4500米，是世界海拔最高，路况最差的公路。全线要翻越十多个大坂。这条公路路窄，坡陡，弯急，夏有水毁塌方，冬有积雪冰坎，好多大坂一夜积雪可厚达两米。据不完全统计，自通车以来，已有两千多辆汽车摔烂在这条线上，而死伤的人员也不会低于这个数目，这是一条"天路"，但与地狱相伴。

军车以十公里的时速缓缓行驶，像一个风烛残年的老人在被迫攀一根垂直而下的命运的绳子，又像是一个乞丐要跨进这道门槛，去攀附坐在龙位上的帝王。我不往路边看，路的宽度刚好够搁下车辆。我不安地看着老兵——他无疑是我生命的主宰。他紧紧地抓着方向盘，脸黑着，不时骂一句，我操！

脚下是壁立的危崖，岩石突兀，峭壁千仞，鹰翔于脚下，云浮于车旁，伸手可摸蓝天，低头不见谷底。太阳像突然变胖了，显得硕大虚浮，没有一点真实的感觉。阳光没有一点暖意，但把对面的山岩照耀得格外清晰，几乎可以看见岩石的纹路。更远的苍茫峰岭则笼罩在一片混沌之中。当我站在那些达坂上，我生平第一次领悟了何为高度。

——那是一种晕眩，一种被现实和理想同时击中脑门的带着双重痛苦的晕眩；同时，还有些酒后沉醉的飘然，觉得身后长着一对翅膀，只要展开，即可飞去。

我在喘息之际，突然发现了几只大鸟，像鹰一样在天空盘旋着。

它们在头顶盘旋着，午后的阳光把它们巨大的身影投在地上，显得十分恐怖。有这么大的鹰么？我问老兵。

那是秃鹫。

秃鹫总是跟着死人味儿，该不是我们身上那味儿吧。

闭上你的乌鸦嘴！自从驶过零公里，老兵就变得严肃起来，似乎把所有的心智都用在了对军车的驾驶上。

我之所以想找话说是因为我内心有些害怕了。我的头很疼，像是谁在用一把很钝的斧头不停地劈它，这高山反应的痛苦是真实的。我感觉到了生命的脆弱。你一旦到了这里，就变成了一块把自己放在一个不停摇晃着的桌子上的冰，你随时都有可能掉下来摔得粉粹，像杨烈那样，所以，你首先要保证自己不被晃下来，然后，你要让自己的生命适应这里的严寒，只有与这里的霜雪融为一体，你才能不被融化。

作为一个军人，我虽然还没有参加过真实的战斗，但我是能面对牺牲的。我突然理解了杨烈的死——那不是事故，而是牺牲，我一直这么认为。其实任何一个人只要进入了这个高原，也就进入了一个无声的战场。

四、红牌吕家禾

那个开车的老兵有些可恶。他不让我们坐驾驶室，却让一个下士坐在里面，而那个空座位，他就一直让它空着。他把我们赶到了大厢上，让我们"漂大厢"。他一点也不掩饰对我们三个红牌的反感，好像我们是随地排尿拉屎的牲口，会不停地弄脏他的车。他用一种厌恶的口气说，去去去，到大厢上趴着去。我说，这驾驶室里不是还有一个空座位嘛？我们可以轮流坐。他爱理不理地说，这是你们坐的地方吗？要坐我的车，就不要在这里啰唆，不愿意坐，就滚下去。听他那么说，我真想上去撸他一顿，把他那张马脸打扁。但我忍住了。在部队就是这样，班长跟战士干架，干部跟战士计较，你就是再有理，也是站不住脚的。

路况越来越差，车颠簸得很厉害。有时半个车轮就挂在悬崖边，我们想自己都是经历过严酷的军校生活的，杨烈更是受过特种兵训练，高原奈何我们不得，但他和我们一样，开头都不敢往下看。我们呕吐不止，为了防止弄脏车里的军用物资，防止人从车上掉下去，每当要呕吐的时候，另外两人就只有各扯住呕吐者的一条腿，让他悬挂着吐了，再把他扯上来。

冰峰雪岭不断掠过。时值八月，天气却越来越寒冷，我们不停地加衣服。在翻越黑卡达坂时，甚至下起了暴风雪。这时，老兵才让我们到驾驶室挤一挤。但我们拒绝了。杨烈当时的小脸儿冻得红扑扑儿的。说，谢谢，这外面挺好的，视野开阔，风景无边。

路很快就被大雪抹去了，老兵下车探路。凌跃波要去替他，他也不领情，说，你们在车上好好待着吧，我可不愿意让你们还没有来得及为国尽忠，就横死在这达坂上。听了他的话，我们是真的想揍他一顿。老兵似乎看出来了，冷笑一声，说，我知道你们窝了一肚子气，老早就想揍我，这样，如果你能和我一样，以百米冲刺的速度跑上五百米、不，三百米，之后你们还能站起来，再和我打。听他这么说，我们那口气咽不下去了。杨烈要跑，我拦住了他。我说，人家都知道你是特种兵专业毕业的，如果赢了，他肯定不服。让我去吧。我和他真的跑了三百米，跑完后，我就觉得气喘不上来，我想趴到地上去，但我挺立着，我知道一旦趴下就输掉了。但我感到很虚弱，我觉得一小股风就可以把我吹走，一小片雪就可以把我砸倒。你知道的，在部队跑五公里，那算个啥？但这三百米真的可以要人命。那个老兵也大喘着气，但他也站着。他显然比我强很多，他还能跑回车里，拿来氧气袋，让我吸。我吸了几口，才好受了一些。我第一次意识到氧气那玩意儿对人的确很重要。那家伙说，你还算有种。我叫老万，一直跑新藏线，大家叫我"鬼脸老万"。

我们也通报了各自的名字。从那以后，他对我们的态度就好了。他当时就给我们扔上来三件皮大衣，让我们裹着；又给我们一人一节背包绳，让我们头疼了就勒住。达坂上的雪很厚，怕我们消耗体力，他自己一边探路，一边前行。

沿途的兵站大多不冷不热，除了领导驾到，其他人基本上不尿你。但大家对老万都很客气，给他吃首长吃的饭食，住被褥干净的房间，我们也跟着沾了光，虽然没有享受到他那么好的待遇，但比起其他人来已算不错了。

这一路我们一共走了六天，前三天高山反应很厉害，后面慢慢地就好了。我们觉得很刺激，也很新鲜，有一种踏上天路的英雄豪气。一路上虽然都经受过高原缺氧、高山反应的折磨，但我们三人同行，心情一直不错。

我们三个人来自不同的军校——我毕业于西安陆军学院，还有一位叫任自立的，毕业于大连舰艇学院。他分到了天海子水上中队，也算专业对口。他在团部的时候，穿一身海军制服，像一只海豚混迹在猎狗堆里，特别招眼。他原以为自己肯定能驾驶战舰，驰骋大海的，没想最后被抛到了世界屋脊。他说，这对他基本上是一个羞辱。当然，后来他得知天海子也带着个"海"字，它的面积也是有六百多平方公里的，是比列支敦士登、摩纳哥、梵蒂冈、圣马力诺、马耳他、瑙鲁、图瓦卢七国面积之和（面积为586.1平方公里）还要大的，也的确是有水上巡逻艇的，并且是属于国际湖的，他的气才稍微顺了一些。我们在路上给他取了个绰号叫"航母"。这个绰号来自他的一句话，他说，开个护卫舰有什么了不起的，等我在天海子练好了航海技术，直接去开航母，引得我们大笑，就给了他这个绰号。大家那几天把自己从小到大的事儿、把军校的各种事情都讲了一遍。大家最后都成了好朋友，还说以后要多打电话。

第六天一大早，我们在冰海子兵站早早地吃了碗稀饭就出发了。到达冰岔口，也就是冰达坂岔路口，我们看到了来接我们去各自连队的吉普车。我们几个同行的人握了握手，正要分开，各走各道，杨烈却提议大家拥抱一下。他和每个人都拥抱了，然后大家又在一起拥抱了，才分开。

天空边防连的路不好走，我到连队后，已是下午五点二十分，我正在向连长报到，连队的电话就响了。我以为是杨烈打来的，头都大了，还在心里埋怨他，说这个家伙，真是性急啊，怎么能在这个时候来电话呢？通讯员接了电话，看着我——他还不知道我的名字，对我说，排长，是找你的。我抱歉地对连长说，对不起，可能是一块儿上来的，打电话报个平安。连长的脸刚才就拉长了，现在更长，你是人还没到，电话就到了，已经有三个电话打来找你了。我再次向连长道了歉，尴尬地拿起话筒，你好，杨烈！但话筒里传来的却是一个故意压低后有些神秘、瘆人的声音，你说话方便吗？我一听就知道对方是在偷偷给我打电话。我看了一眼连长，在心里嘀咕了一句，这不是鬼话吗？然后说，哦，是航母啊，不，任排长啊？什么？杨烈死了？你胡说什么啊！我一急，突然提高了声音，使连长愣了一下。刚才天堂湾边防连连长跟我们指导员打电话讲的，我偷听到了，你知道就行了，先不要说。他说完，就挂上了电话。我愣在那里。好半天不知道把话筒挂上，话筒里传出的刺耳的盲音我也没有听到。怎么啦，神神秘秘的？连长不满地问道。我猛地惊醒过来。没什么，那家伙开了个玩笑。连长一听，气得差点拍桌子，但他把手举起来，又强忍着怒气，用一种嘲讽的口气说，开了个玩笑？吕家禾同志，能告诉我是个什么玩笑吗？

我希望那是一个玩笑，我的眼泪突然涌了出来，跟我们一起上来的一个家伙牺牲了。

连长见我那样，一下缓和了脸色，先把眼泪收起来！你问清楚了吗，就流泪？

他是到天堂湾边防连任副连长的杨烈。

就是那个先进典型？不可能吧，如果有这事，天堂湾边防连的连长马上就会把电话打过来，他这人心里装不住事。

他刚说完，电话铃就真的响了，但不是天堂湾边防连连长打过来的，而是边防营营长。营长的声音很严厉，他向连长通报了杨烈猝死这件事情，然后要各连加强高原疾病的预防，稳定新报到的学员排长的情绪，做好思想工作，要他们多注意休息，身体适应后再开始工作。

连长放下电话，对我说，吕排长，你说得对，这不是玩笑。在这高原，这不是稀奇事儿，不让你难过是废话。我们都很难过。等会儿我让副连长告诉你高原生活的注意事项。

这家伙，他就这样走了，真他妈的不够意思！

对了，凌高排，他还说到了你，说你们俩是最好的朋友。他说他好多事儿都跟你讲过。其实，怎么说呢，从闲聊中，我知道他是在浙江一个县城里长大的，是个独生子女。他说他在军校的成绩不错。

哎，我知道的就这些。总之，他是个看上去很安静的人，即使漂大厢的时候也是如此。如果不了解他，你根本没法把他和什么特种兵联系在一起。

五、上等兵扈小兵

凌排长，哦，不，副连长你好，我是天堂湾边防连通讯员扈小兵，扈，扈三娘的扈，就是《水浒传》里的那个扈三娘。我是安徽淮北人，一边儿靠山东，一边儿靠河南，还有一边儿靠江苏。我家兄弟三个，我最小，我们那农村，计划生育执行得是不太好。我是 1994 年 12 月入的伍，1995 年 8 月当的通讯员。俺们这个连队很好，是全军的卫国成边模范连，荣立过集体一等功一次，二等功三次，三等功七次。按说，今年上头还要给我们授一个称号的，我听指导员说了，大概是"世界屋脊钢铁哨卡"，但现在杨副连长死了，这个事情就恐怕比较相当悬了。哦，说岔了，是说岔了，我原是想你刚到连队，想跟你介绍一下我们连队的荣誉。那我就说一下杨副连长。谢谢凌副连长，我不坐，我习惯站着说话。

我听到连队的车响，我就知道驾驶员把杨排长接回来了，——对不起，新来的学员我们都习惯叫排长，我就叫他杨排长吧，这样也方便把您和他区别开来。我们连队又来了一个水平很高的排长，我心里真高兴，我赶紧跑出去迎接他。我看见杨排长真不愧是特种兵专业毕业的，他披着皮大衣，里面穿着迷彩服，神采奕奕地从驾驶室里走出来。虽然在路上走了这么多天，吃了那么多苦，但他的脸蛋还是红扑扑的，还挂着自豪的笑。尊敬的副连长，你知道，谁不为自己马上就要在这样一个光荣的连队工作而自豪呢！我想杨排长也是。

哦，说得随便一点，好吧。副连长，我不紧张，不，我就站着说。那好吧，我坐下，副连长，你太爱护我们战士了，谢谢副连长！那好，我接着说。我对杨排长说，我是连队的通讯员，你的背包我帮你拿。他说谢谢通讯员，我自己拿吧。我拿起他的背包，把它放在一边，说，我先带你到连长那里去报到，你的背包我来拿。他又说了声谢谢。他对战士真是和蔼啊，一看就是素质优秀。但他对我说，通讯员，真是对不起，请问厕所在哪边？我得先上个厕所。我听他这么说，一想连长在办公室等他报到呢，哪有一到这里就找厕所的。我当时态度还不太好，在心里说，这个红牌，真是毛病多。我随手给他指了指，说那边就是，快到了就有味道，你闻着味儿就能找到。我哪能这样说话呢，真是对不起，我一定好好改正好好检讨。但他还是那么和气，他穿上大衣，顶着风，又对我说了一声谢谢，就朝厕所走去，那姿势真是很那个……英勇的。哦，副连长，这个词是有点不恰当，但他就是那个样子的。但我当时心里还有气，看着他的背影，说了声毛病！也没有给他拿行李和背包，就到连部去了。

连长见我进去，就往我身后看。杨副连长呢？

一到院子里，就钻进厕所里去了。

这个家伙，也真是毛病多！连长这样说了一句，就坐下来等他。我看连长并没有生气，就出去把他的背包和行李——也就是那个小提箱，提到了他的房间里，往那架空铁床上一甩。好多部队都有看不起红牌——不，是学员排长的问题，但我们连不是这样的，每个到我们连的人，即使是新兵，我们连长和指导员都要让他有宾至如归的感觉。副连长，你到这里后，肯定感觉到了。

我到三班磨叽了二十来分钟，直到估摸着他跟连长快报完到了才往连部走。回到连部，没想连部就连长一个人，他在里面一边抽烟，一边转圈，显然等得有些不耐烦了。见我进去，就说，这个杨烈，一个厕所上了快半个小时了，是拉屎还是拉棉花啊。

我说，连长，我去叫他吧。

别人在拉屎，你怎么去叫？连长把那张看了好几遍的军报又翻开来。报上的头版头条登的就是关于我们连的先进事迹。这是在为我们连"授称"做宣传。好几家中央的报纸、省上的报纸，还有我们军区的报纸都登了，位置都是一样，头版头条——第一版占了多半版，然后转第二版，第二版没有登下，又转第三版。副连长，我们指导员组织我们把这篇通讯学了十几遍。他说，同志们啊，你们想想，这么多报纸宣传我们，就是这印刷报纸的纸也不知道耗费了多少车皮，现在，谁都知道世界屋脊上有个钢铁哨卡，可以说是家喻户晓，全国皆知。这样的光荣，哪个连队会有？所以，我们还要继续努力，我们把我们连建设成钢铁哨卡还不够，真金不怕火炼，我们要把它建设成能经受得起任何战火考验的真金哨卡！

呵呵，副连长，对不起，又说岔了。

这个时候，连部只有连长翻报纸的声音。他并没有看，只是不停地翻过去翻过来。他就这样，把那张报纸又翻了十多分钟。屋子里的气氛有些那个，有些让我心里发毛。

这个屌红牌，真是毛病多！连长终于发火了。他对我大声说，你去看看，他是不是到班上视察去了？

我跑到二排，就问三班长，石班长，你看到新来的红牌了吗？

我们哪里见过什么鸟红牌！

连长等他呢，他真的没有到这里来？

我们连根红牌的毛也没有见到。

我一看他也不像来过三班的样子，他会不会蹿到别的班去呢？我就一个班一个班地问，最后把连部的每个房间都看了，也没有。在高原上跑这一趟，把我累得够呛，我气喘吁吁地跑去跟连长报告。连长一听，一下转过身来，紧张兮兮地说，操，你到厕所里去看看，他不会栽进屎坑里出不来了吧？

连长不放心，我刚出连部，他也跟上来了。我们连长真是一个好连长，他就像我们的亲大哥一样。哦，又说岔了。高原上不能随便跑步的，我即使已在这里待了一年多，跑那么一段路，我的心也跳得很厉害，嘣嘣嘣的，我自己都可以听见。厕所虽然每天打扫，但这种旱厕的味道还是很刺鼻。我在厕所门口稍稍喘了一口气，就钻进去了。我找了好几个隔档才找到杨排长，厕所里不是很亮堂。我晃眼看去，杨排长蹲在那里，果然是在解大手。我想，一泡屎拉这么久，还蹲在那里拉呢，这不是有意磨时间么？想到这里，我真想上去踹他一脚。但我毕竟是个战士，我要尊敬干部，兵尊干，干才爱兵嘛，人家拉屎，我也不好走得太近，就在相隔三个隔档的地方，很尊敬地喊了一声副连长。但他还是低着头，没有理我。我当时哪里想到他真的会出事呢。我接着说，副连长，哪有你这样拉屎的，连长都等你四十多分钟了，如果你还没有拉完，你去报完到再回来拉吧。他还是没有理我，这一下我的脾气上来了，我在心里骂了一句，操！就走过去。等到走近了，我才觉得他有些不对劲。我看见他蹲在那里，一动不动，像一个正要起跑的长跑运动员。

他一只手朝后，习惯性地想去撩起大衣的后衣襟，另一只手像是怕自己栽倒，撑在面前的地上，地上还有尿渍。但我就是在那个时候也没有想到他已经死了。我还在想，他是不是一路走上来，太累了，低着头在那里睡着了？

我大声喊他，他没有应。我用手戳了戳他的头，他还是没有吭气。还装呢？我一边说，一边低头去看他。我这才发现他不对劲了。他脸色紫白，嘴微张着，眼睁着，眼珠却没有动。我拔腿就往外跑，在门口一头撞在连长怀里。我竟然说不出话来，像个哑巴一样。那个时候也不用说话了，连长从我那样子就看出来，可能出啥事了。他对刚好要来上厕所的四班的刘班副吼道，叫军医跑步到厕所里来！那家伙还不明白是咋回事，也不知道让军医到厕所里来干什么。他望着连长，想搞清楚他是不是在开玩笑。连长一见他那样，就说，操，快去！那家伙转身飞跑去了。

好了，团里调查事故原因的工作组马上就来了，接下来会是防区的、军区的，又得忙乎好一阵子了。我得去给他们倒水。后面的事，连长和刘班副都看见了，你如果想了解，可以让他们再给你讲。我再说最后一句。我不想流泪，但我忍不住。副连长，你虽然马上就会是我们连的副连长，但你现在是代表团里来了解情况的。我想给你提一个要求。排长那泡屎只拉了一小截出来。拉出那泡屎可以说是他这一生最后做的一件事，但却未能遂愿。他肚子里还有大半泡屎呢，他最后的愿望肯定是想把它拉出来。我一想起这，心里就十分，不，是非常难过。您看您能不能让上头想办法，把他那泡屎弄出来，让他……让他……轻轻松松地走？对不起，副连长，我想起这个，就伤心……好了，我不哭了，我最后还想告诉副连长的是，从我们杨排长不在外面随地大小便的行为来看，他是多么注重讲文明，树新风。他坚持了大半天，到了连队后、找到厕所才去解，他是怕自己的大小便污染了边疆的环境。从这个行为也可以看出来，他是多么热爱这雄伟壮丽的边境；还有，你看他是多么的谦逊，对我这样一个战士，他也是那么客气，微笑着询问我厕所在哪里，我回答后，又非常有礼貌地跟我说谢谢；对于自己一下车就去上厕所，还一再地表达歉意。就这几个细节，就足见他素质的优秀、品格的高尚……

好了，我就说这些吧……

六、上尉军医武延康

这个……哎……的确是……不幸。但并不是没有先例。

这种情况，在高海拔地区常有发生。就我亲眼所见的就有两例。

按生物学家的观点，海拔 5000 米以上即为"生命禁区"，也就是说，在那海拔高度之上，任何生命将无法生存。超过 5000 米这个高度一米，生命就脆弱一百分，死亡的可能就会增加一百分。所以，我们连队 5400 多米的高度不仅仅是一个高度，它还是一种危险的象征。像大江大河中的水位，超过某个刻度，就预示洪灾的来临一样，到了 5400 多米，就是大洪灾了。所以，我们就是生活在大洪灾的汹涌的激流上的人。反正啊，我们是证明了人类在高寒缺氧的生命禁区生存的可能。

但我们当年在设这些哨卡的时候，哪里听到过生物学家的观点？那时候，连什么是高山反应都不知道。你知道吧，凌老三凌老英雄当年率领进藏先遣连进藏的时候，连队莫名其妙地死了好多人，他们不知道是怎么死的，以为是瘴气。这里的很多哨卡都是他当年解放之后设立的。哎，他可是把我们害苦了。当然，这不能怪他。我当年也百思不得其解啊，为什么不能把哨卡迁到海拔低一点的地方去呢？后来想明白了。这里就是阵地嘛，是阵地就得守住啊，哪能后退呢？这可以说是最漫长的坚守啊，五十多年了，这还没完，还得守下去。

扯远了。我那天，准确地说是 8 月 4 日下午五点半左右。我为什么记得这个时间呢？因为我当时没事可做，心里正烦，到处都太安静了，所以卫生室的钟"咔哒咔哒"的，走起来的声音特响，像火车在轰鸣。这让我心里发慌。因为它在不停地提示你，你的生命又少了一点，你的生命又少了一点。如果我的生命是一池水，那么它就像没有拧紧的水龙头，一直在一滴一滴地渗漏。这一滴一滴的，看起来没有感觉，但只要你放个盆子去接，一天就可以接一大盆。而我的青春就在这坚守中一点一滴地泄漏掉。主要的是，我在地方医科院校学了六年，在这里就能医个头痛感冒，学到的东西都荒废掉了，这里缺氧，人的记忆力不好，新的东西又学不进去。所以，我有时就在想，我如果能是个傻子就好了。所以，我就不想让时钟再往前走了，我把时钟的电池卸下来。当我卸电池的那个时刻，我突然觉得自己有些悲壮。

嗨，不好意思，你看扯到哪里去了。哎，我之所以这样往远里扯，是因为我的确想回避当时的情形。这对于一个军人来说，怎么说呢？一个军人可能有千百种死亡的方式，但我相信，杨烈之死的方式是比较罕见的。我把电池拿在手里，像是拿着自己的青春岁月和医学才能。我好像觉得它们都留住了，多年以后，等我从这里下去，我还是二十九岁，我还是那么富有医学才华。我得到了一种安慰，不觉两眼有些潮湿。就在这个时候，那个刘班副刘跃华急匆匆地跑进来了。我一想，我有病看了，不由得有些高兴。我问，谁病了？没等他回答，我就拿起药箱来。

连长让你赶快到厕所去！

我以为自己听错了，马上就想冒火。连长让我负责连队的环境卫生，全连除了厕所，每个地方的空气都很清新。这个厕所我也是想了很多办法。开头是每天往里面撒石灰。然后是每周清理两次，把清理出的粪便都深埋起来。有工作组的时候，每天清理两次，早晚各一次。就这样，连长还让我在厕所里喷空气清新剂，只要工作组在，每两小时喷一次。我们连的厕所在整个防区味儿最小是得到了公认的。

"是不是又有工作组要来啊？又是厕所！"

"可能是吧！"

我习惯性地背起药箱，颇不情愿地向厕所走去。进了厕所门，我就使劲地、习惯性地嗅了嗅厕所里的气味，臭味不是太浓，我对着连长嘟囔了一句："这厕所都快弄成你老婆的闺房了。"

"别废话，快来看看，杨烈是怎么啦！"连长着急地对我喊。

我还没有见过这个杨烈。"哪个杨烈啊？他上厕所能出什么问题！"我的眼睛适应着厕所里的光线。我看见杨烈躺在地上，通讯员正在压他的胸腔，对他进行人工呼吸。

我一看，就知道杨烈出事了。我检查后，知道他的呼吸已经停止。我对连长说，"高原猝死，已经没救了。"

连长铁青着脸，"你他妈的再给我看看！"

我知道这是没用的，但我还是照着连长的话，检查了一遍。然后说："我确定，他停止呼吸已经有四十来分钟了……"

通讯员听我这么说，觉得有些害怕，自己的手像被火烧着了似的，猛地从杨烈心口处跳离开来。

杨烈的脸有些发紫，眼睛半睁着，仰望着我们。他那只手稍微向前伸着，好像他只是要摔倒了，要我们把他拉起来。

七、二级士官吴志杰

路况好的时候，我们连到冰岔口要走四个多小时。我吃了早饭，就从连队出发。我一直跑这段路，连长对我很放心。我带着大黑，大黑是我喂养的一条狗。我和大黑吃了早饭就出发了。大黑坐在副驾驶的位置上，显得很兴奋。

那几天天气不错，我们一路顺利，来到了冰岔口。我到达那里的时候，才是中午。我打开了一个扣肉罐头，用喷灯加热后，给大黑分了一半，自己也吃起来。大黑吃那玩意已经吃腻了，不太愿意下嘴。吃完后，我放大黑去兜风。它跑了一阵子，觉得没什么意思，就回来了，卧在原来的位置上眯觉，陪我等杨副连长。

天蓝得没法形容，风很大，看不见风，只能听到风声，感觉它冰冷的手在不停地摇晃着我的吉普车。

两个多小时过后，其他两个连队的车才先后赶过来。

我们都认识，老远就鸣喇叭问候，然后就挤到我的车上来闲聊。挤得我的大黑只好躲到了后面的车厢里。

又等了一个多小时，才看见了鬼脸老万的车拖着一股白色的烟尘开过来。三个红牌像三只老鸹似的蹲在大厢上，见了我们，老远就向我们挥手。他们现在是还没有扛星的红牌，我们嫌他们幼稚得很，没有理他们。我们说，还是老万有种，让三个红牌漂着大厢上来了。见了老万，我们激动地和他热烈拥抱，三个红牌也准备好了自己的怀抱，但我们只和他们礼貌性地握了握手。

风吹得大家站不稳。看到太阳已经偏西，我们领了各自连队的红牌，往各自的连队赶去。杨烈坐在副驾驶的位置上，大黑从后面蹭过来，把头放在了他的肩膀处。他吓了一跳。我说这是我的大黑，它来和你打招呼。他一动不敢动，说，他从小就怕狗，见了狗——哪怕是京巴那样的宠物狗，腿也会发软。我说，你不用怕大黑的，它是我们天堂湾的一员，很勇敢，很忠诚，在那里已经待了十年了，是个老兵了，它一般都坐你现在的位置。看他还是害怕，我就更是看不起他了。我对大黑说，你把我们的排长吓着了，不行的话，让排长同志到后面待着去，你回到你的座位上来？排长连说好好，坐到后面去了。大黑很高兴地哼哼了几声，坐到了副驾驶的位置上。我说杨排长，你可以在后面的座位上躺一会儿。他说，我想看看外面的雪山。我说你以后天天都会看到，会看得你发晕，看得你恶心的。

我想我不会的。我喜欢雪，我原来很少看到雪。我觉得雪是世界上最干净的物质，你看，每一座雪山都不一样。它们每一个时刻都是不一样的。他说话蛮抒情。而我害怕别人抒情，我不想再和他说话。他提起新的话题时，我就对他说，副连长，对不住了，这路不好走，为了保障您的安全，我不能有丝毫分心，所以我不能和您说话了。然后，我们就很少说话。他一直看着外面的风景。可以看出来，他充满惊奇。他是个有好奇心的人，这样的人不论到了哪里，都不会垂头丧气，因为他有永远发现不完的事物。但高山反应最终让他难受起来。我问，副连长，你没事吧？他说，没有前两天难受。我把氧气包递给他，说你吸点氧。他说用不着，我躺一躺就会好的。他说完用背包带把头勒住了，在座位上躺了下来。

凭我的经验，他问题不大。他有勇往直前、英勇顽强的精神。这一点，可以作为他事迹材料的一个小标题。他躺了一会儿，就坐了起来。有一会儿，他像是有些不安，身体扭捏了一番。但我当时没有想到他可能内急。常言道，活人不会被尿憋死，他如果真要大小便，我想他会喊我停车的。

一路上，他有好几次忍不住赞叹，哎呀，这地方真是太干净了，真像天堂一样纯净啊。有一次他还说，难怪有天堂湾这样的地方，难怪有作家说这是神山圣域。我们爬上黑铁达坂的时候，我问他需不需要放水。我们连的人每次到这里都会放水，从冰达坂到这里四个多小时，一般人憋到这里就差不多了，还有，站在高高的达坂上尿一泡高尿，有一种英雄气概。我们有时候，会在这里比谁尿得高，尿得远。连长刚上来的时候，把我们所有人都比下去了，后来不知道为什么，他就不和我们比了。后来，我知道了原因，这原因是我从自己身上找到的——我们的毬把子被这高海拔很快就收拾得不行了，这就是所谓的山高氧少毬软——呵呵，原谅我说粗话。他问放什么水？我说放水就是尿尿。在这样干净的地方？不，我能坚持。是的，从他的唠叨中，我第一次意识到了这里的干净。是的，这可能的确是世界上最干净的地方，但我不能不尿尿。我在车后面尿了一泡，开着车继续走。

看得出来，他是个很讲究的人，我怀疑他有洁癖，是那种洁癖性质的环保主义者。这害了他。什么？他不是那样的人？那么，就是他走上高原不久变成了这样的人。对，你说得对，也有可能是这大山让他敬畏。

到达连队后，通讯员老远就迎了出来。我把人交给他，就擦车去了。后面的事情我就不明白了。我想，他的屎尿在路上就憋着，到了连队，已憋得受不了了，所以，通讯员让他去见连长，而他却要去上厕所——他的这个行为无疑很狼狈。他的形象也大大地打了折扣。他如果没有"光荣"，就这个行为，就够他在连队挣一壶的。因为我还没有听谁说过哪个学员发生过这样的事。可能是他跑得急，到了厕所猛地往下一蹲，心脑供血不足，造成了他的猝死。

他对通讯员最后说的那声谢谢，也就成了他最后的遗言。如果他知道自己要牺牲，他的遗言肯定要豪迈许多。当然，他也不会在去上厕所的时候说。

我是我们连和他相处时间最长的人，我们一起在路上走了四个半小时。现在想来，我真该让他坐在我的旁边，和他多聊聊的。

我回想了一下，虽然我们大概一共只说了二十多句话，但我感到他是个很不错的人，是个优秀的军人。我希望他能被树为典型。这样，他的死就不是白死了，我们连队也不会因为他的死而受影响。而这，就看上面怎么说。这样的事情可用辩证的思维来看待，用辩证的方法来处理。副连长，你已经是我们连队的人，可能，两三年之后，你就是我们的连长，你肯定希望连队的荣誉不受影响。杨烈也是你的同学，我想你不会让他白死。你一定明白我的意思。

八、上尉连长陈向东

你说，你们这个同学死得真是时候！操！关键时刻捞上这事。我的确非常难过。我从战士开始，就在这个连队干，战士、副班长、班长、代理排长，然后提干，从排长一直干到副营职连长，干得满头头发开始一根根往下掉，干得一头黑发变白发，干得白发一抓一大把，干得智力衰退屌发软。本来，今年要能“授称”，我就会立功受奖，提前晋职，我就可以离开这个圣域仙境，下凡到凡尘人世，去干个营长什么的。现在，就这一个事故就有可能让我多年的心血付诸东流。

你可能也知道，不管你工作干得多好，一死人什么都完了。

扯远啦，这牢骚也就我们私下里发发。我把我的青春、健康、心血都赋予了边关，我还有什么所求的呢？

还是说杨烈。我在连部等他来报到，但通讯员来报告说他先要去上厕所。这样的情况，我还是第一次遇到，心里就有几分不快，但我没有表露出来。在这里磨了十几年，把我的脾气磨没了。我就看军报那篇关于我们连的报道。我都差不多能背下那篇报道了。里面很大的篇幅是写我的。上面还刊登了一幅我的照片。那个记者为了采访我，差点在这里丢了小命。他其实是被高原缺氧给吓的，还没有上山就担心，上来后一有反应就害怕，在山下就吃红景天、维生素，喝葡萄糖，穿得像一头熊，氧气包背着不离身，远看就像宇航员。他让我照相时戴上帽子，说你不是离婚了吗？照片照得好看一点，说不定会有好多姑娘给你写情书呢？我跟他开玩笑说，现在是什么年代了，就凭这篇报道就能骗到姑娘的芳心？我们连里的事迹本来是真实感人的，但被你们笔下生花一番，让读者反而觉得是虚假的了。我就光着头，这光头刚好可以证明你的报道有真实可信的地方。那照片登在报纸上，他们说我像蒋委员长。前不久，还真有个导演来电话，问我愿不愿意去做特型演员……又扯远啦。我说到哪里去了？对，我在连部等杨副连长，我看了看自己的手表，半个小时已经过去了，这个杨副连长还没有从厕所出来，我忍不住自己的火气了，我让通讯员去看看他在搞什么名堂。

通讯员喘着气跑回来，说杨副连长出事了。我说他拉屎能拉出什么事？他说他好像是死了。我说你小子胡说八道！走，我们去看看。我看到他拉屎的样子，还差点笑了，说，这家伙拉个屎还装怪，你幽默得也太没谱了吧。但他没有吭气，的确没有吭气！我过去戳了戳他的头，他没有反应。我觉得有些不对劲了。我趴下头去看他的脸，吓了一跳，心也紧了。我喊杨烈杨烈，他没有回答我。我叫来上厕所的一个副班长赶紧去把武军医叫来。

但我知道他可能不行了。

他有些狼狈——作为一个军人，就更狼狈了。通讯员把卫生纸递给我，我把他那只撑在前面的手上的尿渍擦干净，他的屎没有拉完，有一节屎还挂在屁股上，我把它弄掉，帮他把屁股擦干净。冷风从厕所下面灌上来，割人的手。他的屁股冷得像一块冰。我想把他扶起来。但他身体的姿势已经固定了。通讯员背着脸，远远地站着，他有些害怕。我把他抱起来，他的头放在我的肩上。他的脸挨着我的脸，有些冰凉。我叫通讯员过来帮我把他的大衣脱下来，铺在地上。通讯员的脸发白，手有些发抖。如果不是我在那里，他早就逃开了。但他得执行我的命令。他把大衣铺好后，我把他放在上面，我赶紧为他做人工呼吸。他的嘴唇发紫、发凉，脸上已没有血色。通讯员也不害怕了，他过来，慢慢把他的身体弄直，帮我压他的胸腔。我看见通讯员在流泪。他和我一样，都感觉杨副连长已经没救了。

武军医进来了。他一看，就说没救了。我对他吼叫道，你他妈的胡说，就三四十分钟时间！

他又用听诊器听了听他的心跳。说，连长，的确是没救了。

我颓然地蹲在杨烈的身边，对武军医吼叫道，你他妈的不是天天嚷着要救人吗，好不容易有个需要你救的人，你他妈的却一点办法也没有。

武军医看着我，说，真是对不起。

通讯员一听，哭出了声。

我对武军医说，来，你来帮我一把，把他扶起来，我把他背出去。我的声音突然变沙哑了。

武军医说，我来背吧。

我说，他是来向我报到的，还是我来背。

我把杨烈背到了荣誉室，让他在桌子上躺好。

——严格地说，他还没有来向我报到，他还不算天堂湾边防连的人，但他是在这里牺牲的。他是为了到这里来任职牺牲的，他是我的战友，他至少应该算是因公牺牲。

但是，我想强调的是，不管怎么说，他还不是天堂湾边防连的人，他的死与天堂湾边防连无关。这一点非常重要。不然，我们"授称"的事就会泡汤，而这比什么都重要。

我希望——也相信——团里和防区能妥善处理这件事情，化腐朽为神奇。事已至此，不这样做，又能怎样？

九、中校营长徐通

我那天正在边防营营部的窗前看山，陈向东拨通了我的电话。听到电话铃声时，我习惯性地摸了摸自己的秃顶，又摸了一把冒出来的和针尖一样扎人的络腮胡，说，但愿没啥屌事。

我和陈向东差不多，一当兵就在高原，一晃已经二十一年了。自从两年前团里传出我有可能当副团长时，我就在天天祈祷平安无事。因为我觉得自己老了，在高原上折腾不下去了。如果生命在高原是一块玉，我已把自己摔打成一块石头了，而现在，这块石头已被岁月侵蚀得和泥土一样松软，也就是我们平常所说的风化石了，已经经不起高原这双大手的揉搓。还有我的老婆，当年如花似玉的小娘们儿，已在团部低矮的家属院里熬成了黄脸婆。不断有我老婆和谁谁谁有一腿的传言越过一重重高拔冰凉的雪山传到我的耳朵里，开头我还很生气，后来我知道，这肯定是胡说。作为一个男人，我给那个女人的太少了。我和这个女人在一起的日子扳着指头都可以算过来。我们之间的一切都是匆忙的，匆匆地认识，匆匆地相爱，匆忙地结婚，每次从高原下去，和老婆匆匆地睡觉，我和她一干那个事就头疼欲裂。我老婆曾经鼓足勇气，到过这海拔4000多米的营部，但高山反应差点要了她的小命。我爱自己的女人，这爱使我愧疚得要命。这愧疚把我那珍贵的爱的甜蜜冲刷得一干二净，对于我来说，那爱的确太遥远，又太新鲜了，自从她出现在我生命中之后，我就没有好好地享受过。我的爱冰封在那里，如同冰封在亘古雪原中的时光。我觉得时光不会陈旧，爱也就不会陈旧。我想下山多待一些日子，使自己的身体与平原适应了，好好照顾自己的老婆和已有十三岁的白痴儿子。

听完陈向东的汇报，我觉得自己这张黝黑的老脸凝重得像高原的岩石，右脸的肌肉抽搐了几下，心情沉重地说，我知道了，我马上向团里汇报。

放下电话，我晃了晃自己的脑袋，似乎想确认刚才是不是接过那个不吉利的电话，因为这个刚从军校锻打出来的像钢坯一样经得起摔打的小伙子是昨天下午来向我报到的，我今天一大早才送走他。

我望了一眼窗外的雪山顶，夕阳开始在山顶凝结。我想起了杨烈昨天晚上来向我报到的情景。

他们来到营部已是傍晚。我只是象征性地去看望了他。

因为我太疲惫了，我刚从边防哨卡回来，就接到了一位战友从团部打来的电话，说我儿子又揍了他母亲一顿，把他母亲一根肋骨打断了，现在躺在团卫生队的病床上。我打电话给我老婆，我老婆瞒着我，说自己不小心摔倒了，没啥事。我假装相信了。放下电话后，我关上门，痛哭了一场。

这时，通信员在门外喊报告。我抹干泪，说，进来。

营长，学员排长们到了。

知道了，我这里还有点好茶叶，你给他们泡杯茶。我把茶叶递给了通信员。通信员转身走到门口，我又说，排长就是排长，什么学员排长，谁叫你这么叫的？

通讯员立正站住，说，营长，我知道了！

我望了一眼窗外的雪山顶，夕阳的光辉使它看上去像香格里拉那金字塔形的圣山。它的光芒瑰丽、圣洁而又柔和。记得我刚来营部当副营长时，为了随时看到这座无名冰山，我特意开了一扇朝向它的窗户。我的办公桌和床一年四季都对着它。我就这样面对它，已经整整七年了。

今天的夕阳和昨天的一样绚丽，好像没有区别，好像时光还停留在昨天那个平凡的时刻。

我挂上微笑去见杨烈他们三个。他们一见我，就霍地站将起来，向我敬了一个过于标准的军礼。这三个刚从陆军学院的炉火中锻炼出来的军人，举手投足都挟带着钢铁般的铮铮声响，似乎可以感受到他们筋骨间透出的力与光，而那个杨烈——可能是这个名字很响——给我的印象最深，其他的两个小伙子，说句实在话，我当时还没有记住他们的名字。后来我知道，一个叫吕家禾，一个叫任自立。

我一见他们就很喜欢，自己当年也有这股劲头，不过，现在已被消磨得差不多了，不到关键的时候，已没有使用的激情了。杨烈要报告什么，我笑着挥了挥手，说，你请坐，你们都坐，我是营长徐通，我已知道你了，杨烈，北方陆军学院特种兵专业的高材生，你们学院的典型。我说完，又把目光转向其他两位，还有你们，你们到高原来，得准备受苦了。

营长，我已经做好了一切准备，你放心吧！杨烈说。

我用手拍了一下他的肩膀，说，我们都是边防上土生土长的军官，一般都是在这里当兵、提干的，跟山大王差不多。你们是从正规军校毕业的，一定会给我们带来不少新气象。自从你们踏上高原的第一步起，我们已经在一起战斗和生活了，有什么困难尽管跟我讲。

现在还没有什么困难，以后有困难肯定会找您的。吕家禾说。

这里的海拔是 4100 米，有没有感到难受啊？

有一点，但还没有觉得难受。任自立说。

我已经叫炊事班给你们做饭，你们吃了饭，好好睡一觉，在这里，能吃能睡就是最大的福气，刚上高原，尽量少活动。

多谢营长关心！杨烈说。

我和他们的谈话就只这么多。杨烈牺牲的当天，我给吕家禾打电话，想问一下杨烈在上高原的路上的情况，他跟我说，杨烈在营部的食堂强咽下那种有些夹生的米饭，刚走出食堂，就全部呕吐出来了。这使他感到十分狼狈，到了简陋的招待所，他只好泡了一包自己带来的方便面，没想吃下去之后，也吐了出来。他感到有些羞耻。他原以为自己强健的身体更能抵抗高山反应，现在看来并非如此。躺在床上，他跟吕家禾说，他觉得自己的头脑又沉又空，而身体却像棉花一样柔软，好像可以随时飘起来。他试着不去吸氧，躺到床上，想早点休息。他感觉好了一些，但仍觉得自己不是躺在床上，而是躺在云彩上，那云随风飘着，不知要飘向哪里。他说身处高原，世上的一切都显得颇不真实，连无边的月光和天上的星辰都像是幻境。

我知道那种感觉，那就是既觉得新鲜，又感到害怕。无论你的身体多么青春和强健，在这个无形的对手面前，都是脆弱而渺小的。你不能做任何反抗，你只能臣服它，慢慢地适应它。

我听吕家禾说，他们是四天前的凌晨六点从海拔只有数百米的团部出发，翻雪山、越达坂、颠簸两天，来到营部的。他们的身体困乏不堪，头脑却出奇地清醒，像是非要他们感受这因高山反应带来的失眠之苦。

第二天一大早，我去送他们，我对他们说，等几天我要到边防一线去，到时候我去看望大家，到时再好好聊聊。但我没有想到，我当天晚上就得到了杨烈牺牲的消息。我接到这个电话，总有些怀疑，我把电话打到天堂湾边防连，又一次进行了核实。

我非常难过，放下电话后，我在那扇面向雪山的窗前坐了好一会儿。然后，我给陈向东打通了电话，我对他说，陈连长，我想了，虽然杨烈到了连队，但他还没有向连队报到。他虽然死在赴任的目的地，但还是算死在路上。这件事与天堂湾边防连无关，这一点非常非常重要。

十、中尉干事凌高排

我是昼夜兼程、跑了三天三夜赶到天堂湾的。到黑卡兵站的时候，老万刚好返回到那里，团里考虑到去天堂湾的路太险，便让老万拉着我前往。

他说他和我一样，也不相信杨烈已经牺牲了。我们在路上都不想说话。周围的风景都是白色和灰褐色的，它们交替着闪现，令人窒息。

我在路上还可以眯一眯，老万却只能一直瞪着一双眼睛。跑到连队，他眼睛像吃了死人肉一样发红，眼圈也发黑了。我让他赶快去休息，但他执意去看望了杨烈，为他鞠了三躬，然后摸出一瓶白酒来，敬了三杯，也没吃东西，就去睡了。

我心里虽然一直只想着杨烈，但还是感受到了高山反应的厉害。我到连队后，已经感受到了生命的虚弱。我到这里才想起，部队在上山前根本没有对我们进行体检，没有看一看我们的身体是否有不适应高原的地方，更谈不上有什么适应性训练，好像我们生来就是适合上高原的。我不知道为什么没有这一道程序。杨烈的身体素质可能很棒，但也许有什么地方在近期不适合到高原去。但没人管这些。

虽然如此，但我一路上都不相信他会离开这个世界。我想证实那不是他。但是，当我揭开床单，我看到了他的遗容。他是杨烈，我的战友杨烈的确牺牲了，我不得不面对这个事实。

荣誉室里四周的墙上挂满了各种荣誉和首长的题词，最老的一面锦旗是1931年得的。他身下的桌子是专门为首长题词用的。上面铺着毡子，毡子上还有几点墨迹。现在，他摆在那里，也像一幅题词。

通讯员搬来个小凳，把一支蜡烛拿出来，点着，然后用打火机把另一头烤化了，让它凝在凳子上。那种红色的蜡烛是连队在晚上停电后用来照明的。

我对通讯员说，你去让炊事班烧点热水，我给他擦擦身子，换上衣服，这家伙爱干净。

通讯员很听话地去了。

我看着杨烈，握住他的手。他的手并不冰凉，似乎还有一点点暖意。我的眼泪突然涌了出来。

我虽然已不是第一次面对死亡，但他的死亡尤其真切。我感到它那么近，近得一伸手就可以抓住。

　　他的背包还没来得及打开。

　　他的遗物不多：一床被褥、两条枕巾、两副床单，洗漱用具和日记本放在他的黄挎包里。黑色的皮箱里则放着他的两套军装：一套迷彩服，一套作训服。还有十多本图书，一个精美的笔记本和几扎信件。

　　通讯员端来了热水，他的身体没有我想的那么僵硬，我把他满是尘土和汗渍的衣服脱下来，小心地把他的身体擦干净，为他换上干净的衣服。

　　他的肩章已经有些脏了，我给他换了一副新的学员肩章。但我马上又取了下来，我想他应该是中尉了，便到武军医那里找了一副中尉军衔，为他换上。我用他的另一副床单把他盖好。当我要把他的脸盖上时，我忍不住抽泣起来。

　　——他是杨烈中尉，是永远年轻的杨烈中尉。

　　金色的肩章衬托得他的脸成熟了许多，也有了几分生气。

　　然后，我们把他放进连队临时做的简陋的白杨木棺材里。

　　连队的战士有些怕他，我说他这个人对你们来说，虽然是个陌生人，但安静得很，从不给别人添麻烦的。

　　在天堂湾的那个晚上，我在设在荣誉室的这个灵堂里一直陪着他。红烛的光把荣誉室照得跟婚房似的。连队的战士在他跟前摆放了各种祭品：有几盆蒜苗、洋葱、吊兰——这里只能养活这些植物，有糖果、瓜子、香烟、米饭、羊肉，还有一袋氧气和老万那瓶还没有倒完的酒。

在这个荣誉室里，我看到解放前的好几项荣誉都和一个叫凌老四的前辈有关。我就说，凌老前辈，你看你，你怎么也不保佑一下我的战友杨烈啊……

外面是满地的月光。这个海拔5325米高的地方似乎因为离月亮更近，它比我在高原下看到的月亮要大很多。夜晚异常寂静，似乎可以听见月光透过洁白的云朵流泻到地面的声音，似乎可以听见白天还没有完全融化的地面再次结上冰霜的声音。哨兵在外面走动着，大头皮鞋踩在冰霜上，咔嚓咔嚓直响。

最响的是老万的呼噜声。他到连队后，一躺下去就没有醒。他的呼噜声像一辆发动着的拖拉机，一直在连部轰鸣着，夜晚的寂静使他的鼾声更加响亮，使那只原本一直待在连部走廊里的狗"狺狺"叫着，急得在走廊里转圈子，咬自己的尾巴。最终忍受不了，挤出门，逃到外面去了。

后来我知道，他每次到连里来，都是吃点东西，见到一张床，倒头就睡。然后，连里的人就会把他抬到东南角那个远离众人的招待室里。但那天，他们却没有抬走他，因为那个通讯员说，他一闭上眼睛，就觉得杨排长坐在他的床沿上，微笑着，用手抚摸他的头。连长说他扯淡，但他这一说，大家心里都有些发怵了。那晚，连里一直点着蜡烛，而老万的鼾声正好为大家壮了胆。

通讯员在荣誉室里为我放了一张床。我当晚就睡在那里。我知道这家伙，他就是变成了鬼，也是个笑眯眯的善良鬼。我倒希望他真的能变成什么，他肯定还有很多话要对我说，要我转告。高山反应令人痛苦，我吸了几口氧，那种痛苦并没有缓解多少。我躺在床上，像个重症患者，一会儿望望窗外夜色中的月光，一会儿又望一眼躺在白布床单下的他——他喜欢蒙头睡觉——我多希望他真的只是睡着了，多希望听到他像女孩子一样恬静的鼾声。

这遍地月光和哨所周围的雪光互相辉映，月光透过窗户，把屋子照得格外亮堂。我看着那被窗框分割的月光说，杨烈，你还没有来得及看到这么亮、这么大的月亮呢。

我想着怎么写这个关于他死因的调查报告，说句实在话，我不想按真实的情况来写，这样的结果会让他的死格外滑稽，像在说一个玩笑。因为这个真实的情景是没有人会相信的。假如我对别人说，我的战友杨烈一泡屎把自己拉死了，谁会相信？他们一定会说我在拿战友的死亡开玩笑，别人看我的目光肯定会和看一个神经病、看一个疯子、看一个心理变态者一样。

但真正的原因就是这样。

而真实在这里反而不能令人信服。这可能就是我希望说谎的原因。

我希望睡意尽快来临。我希望早点进入梦境。这时，梦境也许是我和他交流的唯一通道。我希望他能在梦里告诉我，怎么向他的父母、亲人和朋友交代。

我在天堂湾边防连调查到的情况就那么多。杨烈虽然死在了天堂湾，但全连在生前和他打过交道的，也就连队的驾驶员吴志杰和通讯员扈小兵。他还没有来得及喝这里的一口水，吃这里的一口饭，没有看到这个连队的荣誉，也没有看到这满地的月光，他只感受了这里的高山反应——它像一柄利刃，猛地刺中了他的要害，使他连把自己体内的秽物排完都没来得及——他在这里唯一的一件事情都没能做完。

我虽然很疲惫，但要睡着却很难。我从简易行军床上爬起来，开始整理他的遗物。我翻了翻他的日记。这是一个很精美的皮质封面的日记本。他是从读军校第二年开始记的。他的日记都记得很认真，字体十分工整，有些日记是用英语写的，要么是汉语中夹杂着英语的句子。从日期上看，并不是每一天都记。我浏览了一下，觉得这些日记更像是他写给恋人的情书。我知道有一个叫袁芳宁的女孩子一直喜欢他。但这些情书却是写给 L 的。而这个 L 是谁，他从来没有给我讲过。如果这些日记里是谈人生、谈理想、谈荣誉、谈自己作为军人的责任和使命的，组织上也许还用得着。他日记里的内容过于私密，组织上看了，只会影响对他的评价。我把这个日记拿出来，放进自己包里，想着以后有机会了，交给他的父母。

他的信主要是袁芳宁写给他的，其次是他堂姐写给他的，余下的就是他父母、同学和亲戚写的。从邮戳上看，最近的一封信是他父亲十九天前寄给他的，那时他还在军校。但有一扎信比较奇特，一看就是他写的，每个信封上都写着"L收"。这些信从一写好，就没有想着寄出。我就想，这个L一定是他暗恋的人。如果是情书，这也最好交给他的父母。而袁芳宁的信，最好退还给她。我把这两扎信挑出来，也放进我的包里。我是他的朋友，我觉得这样处理是无可厚非的。

做完这些事情，我终于有了倦意。我望了一眼外面天鹅绒一般的蓝色夜空，望了一眼月光笼罩的雪山，准备迎接梦境的到来。

我惊异于高原的暮色，惊异于它竟能把如此众多的，高拔的山脉笼罩起来。月亮还没有升起来，暮色显得格外浓厚，像厚厚的金丝绒幕布，连那些永生永世的雪山也看不见了。

我睡得很浅，还像在军校一样，我总会注意杨烈是不是会蹬被子。我每次迷迷糊糊地睁开眼睛，看到的却只是那副简易的白杨木棺材。

那一夜我脑子里很乱，但我记不起梦见过什么。杨烈并没有打扰我。这令我有些忧伤。我伤感地想到，他的灵魂可能已经走远了，我陪伴的，只不过是一副躯壳，一个皮囊。

他们看我的眼神有些奇怪，好像我是从坟墓里爬出来的，好像我是被吸血鬼吸过血的人。

武军医过来拍了拍我的肩膀，说，佩服。

我说，杨烈是我的好朋友，我再能陪他的机会已经很少了。

老万一边擦着手，一边有些抱歉地对陈向东说，陈连长，你昨晚怎么没把我抬走啊，搞得你们没有睡好，看你们眼睛里都是血丝。

这时，大黑有些幽怨地、困乏地从外面挤进来，在一个角落里蜷缩好，准备补觉。

陈连长蹲下来，摸了摸狗头，说，昨晚，除了大黑，大家都想听到老万的鼾声。

十一、少校股长吴维

我得到杨烈死亡的报告后，十分震惊，逐级上报，莫不如此。同时，关于杨烈是属于因公牺牲还是意外事故的问题马上摆在了各级首长的面前。这个问题不能定性，杨烈的后事就不好处理。

主管边防的军区副司令员接到《关于边防 T 团天堂湾边防连副连长因高山反应猝死事故的报告》后，很是恼火，因为在那个报告上，就这个问题的最基本的解决方案都没有。看起来是要等待进一步调查，很是郑重其事的样子。其实，这是把责任推给了上级，也可看出边防 T 团班子是不团结的，而这种不团结，上级一般会想到是老政委容不下新团长，但实际情况并非如此。

从一开始，这个问题就在团里形成了两种观点。一是上任才半年多的团长陈雷中校认为，好端端一个军校学生刚到连队就死了，属于团党委对刚上高原的干部的高原生存训练教育不够重视，杨烈正是连一些高原生存的基本常识都不知道，才导致了他入厕时的猝死，从而给全团工作造成了重大的损失，特别特别是给天堂湾边防连授称一事带来了不可挽回的影响。

已任团政委四年的李德辉上校深知团长的用意。他那是以此宣布了，团长和他穿的不是一条裤子，他要争取他的权力，他把他俩之间的矛盾挑明了。如果定为事故，陈雷上任才半年多，对他以后的前程不会有任何影响，而自己作为党委书记，作为老政委，责任却是明显的。他正在想着能否干个防区的副政委，如果这样，等待他的就只能是转业。

李德辉有些生气，但他决定让他们先闹腾去。他说，我们要把擦脸油变成屎抹在自己脸上，的确需要勇气，但上头可不一定同意往他们脸上抹啊。我先不发表意见，你们就按你们现在的意见报上去看看吧。

就这样，副司令员在那份报告上批示道，杨烈之死是否定为事故，请团党委酌情调查后再报。

对于团长和政委来说，他们都知道这个结果，但游戏必须这样玩下去。

于是，就这个问题再次召开党委会。李德辉首先发言，杨烈的牺牲使我感到十分悲痛。死者无罪，他是我的部下，更是我的战友，我们不应该拿这件事来做文章，延误时间，让死者灵魂不得安宁！我们部队表面上看是在戍边，实质上是在与高原战斗，虽然看不见烽火硝烟，听不见枪声炮声，但自踏上高原的第一步起，踏入的就是一个残酷的战场。这一点，团长原来一直待在机关，可能感受不到，但半年多过去了，现在应该有所体会了。

他喝了一口水，傲视了诸位一眼，继续说，杨烈同志的牺牲，涉及到各个方面，当然，首先涉及到死者。虽说死者长已矣，但他是死在边防一线的，任何一场战斗都会有最先死去的战士，我们不能说他死得早，没有参加更多的战斗，就说他是白死的。而且，无论从道义上还是良心上来说，这件事情都不能按事故来处理，因为他还有亲人，我们应该在力所能及的情况下给他的亲人一些安慰。在座各位每年都要上下高原无数次，谁敢保证自己次次平安无事？如果我们都因为什么新的治军理念，给你们也来报个事故，你们的亲人会不难过吗？其次，这涉及到我们团的荣誉，我们可以不图虚名，但已有的荣誉，我们应当维护。

所以，杨烈的死不但要定为因公牺牲，还应该争取被评为革命烈士。

谁都可以听出来，李德辉上校嘴里吐出的每个字都是有力的，都是指向团长陈雷的。他说完后，不动声色地喝了一口公务员刚刚泡上的龙井茶。

但陈雷不会就此罢休，他说，政委讲得非常好，不愧是老边防了，我同意政委的意见。通过这件事情的处理，我们都要学习政委顾全大局，考虑周到，遇事沉着冷静的工作作风。但这件事应该定性为事故，因为我们要遵循实事求是的原则，要反对弄虚作假。只有这样，我们才能严肃军纪，减少此类事故的再次发生！这件事怎么定性，我认为我们应当发扬民主，少数服从多数，我建议举手表决。

每个人都明白，这个时候是不是该举手。政委虽然是他们的老领导，但马上就要走人了；政委走后，团长无疑就是团里的权威，以后的一切都得仰仗他了。九个常委中，有五个是政委提拔起来的，政委看了他们一眼。但其中还是有四个人先举起了手，然后又有三个人先后举起了手。团长看了一眼大家，说，好，很好！既然已经有七个人同意这件事按事故来处理，我就不举手了。我其实是同意政委的意见的，但是呢，我得尊重大多数人的意见。

十二、中尉副连长杨烈

我是在做梦么？好像是。我能看见自己，就像我在镜子里看见自己一样。我那个样子很怪异，我有些厌恶我。我坐在我的身边，用满是怜悯的眼神看着我。连队不知道为什么这么静。我看了一样周围，这里是如此陌生，我从来没有来过。这些奖状和锦旗无论是新的还是旧的，都落满了灰，它们和我的关系似乎不大，很多事情我都不明白了。风似乎可以从脑子里吹过，冷飕飕的。我要坐下来好好想一想。

我呆坐在床上，雪光映进屋子里，一片惨白。我盖的白床单更白了。我怎么会睡在这里？我没有看见镜子，但我看见了镜子里的我，真是奇怪。我琢磨了半天，发现一个我是躺着的，盖着白床单，另一个我则坐在躺着的我的身边，身上什么也没有穿。这个发现，令我自己也深感吃惊。那个躺着的我我认识吗？我仔细看了看，的确是我。那么我是谁？我为什么会觉得我也是我呢？这个问题搞得我头脑昏沉。

然后，我明白了，这个坐着的我只是那个躺着的我的魂魄而已。我记起了自己那天的经历。我知道我已经死了，我记起自己刚褪掉军裤，蹲到连队的厕所里，我就觉得有一口气怎么也上不来，人活的就是这么一口气而已……

我是如此悲伤。

没有人能看见我的样子，也没有什么能够阻挡我。我想去哪里，一念即可到达。我在很短的时间里，已回过故乡，见了我的父母、亲戚、朋友、同学，还去了我小时候玩过的所有地方。我去了我上过的学校，然后我在女友身边徘徊了很久。我和她说话，但我即使用最大的声音，她也听不见。我还回了一趟军校，我在训练场的草地上坐了很久。然后，我沿着我军校毕业、前来报到的路回到了边防 T 团。

团里开党委会那天，我就坐在会议室里。我已知道了我的结局。

我沿着青藏公路往天堂湾走。我回到连队的时候，连队已提前吃了早饭。连长把全连官兵集合起来，列队站好，向我的臭皮囊举行了简短的告别仪式。然后，四名战士把我从荣誉室里抬了出来，一直抬到了连队后面那个军人的陵园里。那里还有八座陵墓，都是亡故后没能进烈士陵园的军人。

大家脱帽，再次向我鞠躬后，我很快就被埋进了冰凉的泥土里。

我的好朋友凌高排悲伤难抑。我劝他，我说，高排，每个人都会面对死亡，死亡其实是人生中非常重要的一课，但一直没有人教我们怎么面对它，我们得自学。我一遍遍地说这句话，但他听不见。唉，这真令我忧伤！

2010 年 12 月鲁院，改定

一对登上世界屋脊的猪

我昔为歌利王割截身体时，我于尔时无我相无人相无众生相无寿者相。

何以故？若我有我相人相众生相寿者相应生嗔恨。

——《金刚般若波罗蜜经》

1

凌五斗产生那个宏大的愿望是在有天临睡之前。那天晚上天上挂着一轮羊脂玉般的圆月，望着遍地月光，他突然想起了他十六岁那年在生产队养猪场养猪的日子。他那时就显露出了养猪的天赋，所以，在入伍登记表里填自己的专长时，他郑重地写上了"养猪"二字。新兵训练结束后，为了发挥他的专长，他被分配到团部养猪场做了一名猪倌。在那里，他因勇救落水猪仔差点光荣牺牲，而被宣传报道，荣立三等功，那时，他入伍还不满一年。他的英勇事迹引起了团政委的注意，觉得这小伙子可堪造化，便把他放到先进的天堂湾边防连来，要把他培养成先进典型。他到连队后，连队即安排他到炊事班担负洗菜、烧火、扫地之大任，成了一名光荣的炊事兵。

就是在那如水的月光下，他突发宏愿，要在天堂湾养猪。这个想法让他兴奋莫名，一夜难眠。一熬到天亮，他就去找连长，汇报了自己的想法。连长把他看了半天，然后问他："凌五斗同志，你的脑子没有出问题吧？"

"报告连长，我的脑子好好的。"

"哦，难怪有这样伟大的想法！"

"连长，我认为……"

"闭嘴！"不知道为什么，连长一点也不喜欢他，"你不知道这是天堂湾吗？不知道这里的海拔是5400米吗？不知道这里是生命禁区吗？生命禁区！这鬼地方怎么养猪？"

"连长，我们也是生命，但它并没有把我们的命给禁掉啊！"凌五斗是典型的一根筋。

"可你他妈的养的是猪！"

"连长，我认为我们作为人都能在这里生活，卫国戍边，猪比人贱，应该比人更容易活。"

"但这个连队自组建以来，还没有谁想过要在这里养猪！"连长大声嚷起来。

"但我还是想试试，猪仔我可以向团养猪场要。我离开那里的时候，团生活服务中心主任跟我讲过，说我如果需要什么帮助，就跟他讲，我现在刚好可以向他要几头小猪，先试着养一养。小猪到连队后，残汤剩水就足够了，连队不需要花一分钱。"

连长死死地盯了他一阵，看着他满是期待的纯洁无瑕的眼神，无可奈何地叹息了一声，"你他妈的要养你就养吧！不过，我可以先跟你打个赌，你要能把猪在天堂湾养活了，我到时在手板心里给你做盐煎肉吃！"

凌五斗见连长同意了，高兴得"嘿嘿"地笑了，说："谢谢连长！"

2

凌五斗身材瘦长，稍微有点驼背。他留着平头，长着一张圆脸，脸上的皮肤如婴儿般粉嫩，看上去，细长的脖子上像顶着一个扣着军帽的、熟透了的大苹果。只是上高原后，苹果皮被紫外线灼焦了，看上去像被卤过。他本有一对黑红色的招风耳，现在也被紫外线灼成了腊耳朵。他的眉毛像一对懒散躺着的括号，括住一双细长的眼眸。鼻梁低平，鼻头肥硕，嘴唇厚实，像抹了胭脂一样红润。有一颗门牙崩掉了一半，嘴唇四周依稀可见几根和汗毛一样细软的褐色胡须。他兴奋地要通了团生活服务中心李主任的电话。主任听到他的声音很高兴，说："五斗同志，你的名气是越来越大了，简直就是团里的新闻人物啊。我就说我没看错人吧，人家都说你傻，但你傻人有傻福，走到哪里都闪光。你在连队怎么样？找我有什么事啊？"

"报告主任，我挺好的，我现在在炊事班工作，我想在连里养几头猪。"

"什么？在天堂湾养猪？"

"报告主任，是的。"

"哎呀，我看你是脑壳发热了。我还以为你是想我了给我来电话呢，原来是想我的猪了。"

"嘿嘿，主任，我也想您。"

"嗨，你的意思是说，你把我和猪一起想了？算了吧，我可得告诉你，你的想法是好的，但你不要做梦了，天堂湾边防连从组建到现在，还没有人在那里养过猪。海拔那么高，猪还没到连队，就得被高山反应搞死，我可不想让我的猪遭那么大的罪。"

"那您先卖给我两头，我先试着养，等几天有人下高原了，我把钱带给您。"

"你看你说的什么话！"主任已预知那两头猪仔到不了天堂湾就会一命呜呼，颇为痛惜地说，"好，过两天有车上高原了，我就搞两头猪仔给你，你就用它们来做个实验吧。"

有了两头即将驾临天堂湾的猪仔，凌五斗很高兴，他找到连长，"李主任答应给我两头猪仔试养，我得给它们拾掇个猪圈。"

连长冷淡地说："你可以把你的猪兄弟安置在最西头那个废弃的羊圈里。"

那排羊圈已没了羊。天堂湾这个地方似乎有让所有动物消瘦的神奇功能。连队的羊生长缓慢，就是长大了也只是一副羊骨架撑着一张羊皮；原本神采飞扬的伊犁马，一运到连队，就神色忧郁，不久便毛色暗淡，神飞魄散，渐失军马风采，最后只剩下马皮里包裹着的一副马骨。即使后来换上来的本地藏马，也是终日昏昏，无精打采，比一般的藏马命短；连队也有配属的军犬，它们刚来的时候，也很威猛，但不久就像得了相思病般日渐消瘦。正因为如此，连长才敢和凌五斗打赌。

但凌五斗雄心勃勃地要创造一个奇迹。他把羊圈里的羊粪收集起来，垫在地上，以隔绝永冻层下的寒气。同时，又把原来准备种植温棚蔬菜的棉毡扛出来，缝补好，覆盖在羊圈上，以抵御夜晚的严寒。

一切俱备，就只等两头小猪大驾光临了。

3

凌五斗没事就把猪圈里的羊粪翻出来，晒干，再垫进去，这样，小猪驾到后，躺卧在里面就更暖和了。他已这样翻晒了好几次。他干这些事情总是一副喜滋滋的样子，像有无穷乐趣。这让通讯员汪小朔很是嫉妒。

通讯员是个好吃鬼，一背着连里领导，嘴巴就会不停地动，像一头反刍的牛，大家就给他取了个绰号叫"母牛"。他一直把自己视为连长身边的人，自从他进入连部工作的第一天起，就比其他官兵多了一种优越感。这种优越感开始只存在于他和战士之间，不几天就扩大到了所有的班长，最后见了排长他也是爱理不理的，说话都打些官腔了。

　　母牛嚼着一根鸡腿骨，朝正在猪圈旁忙碌的凌五斗走过来。在距他稍远的地方，吐出嘴里的鸡骨渣，准备腾出嘴巴来和凌五斗说话。

　　"五斗同志啊，先进典型样样都好，就是太忙啊，你看你又在猪圈里翻腾了？"他嘴里喷出一股鸡骨头味。

　　"嘿，什么先进啊，你看你说的，怎么叫翻腾呢！"

　　"我想说你折腾啊，倒腾啊，都怕用词不准。因为你把这羊粪翻出来又倒进去，倒进去又翻出来，好像要从里面找出金锭子似的，你这不是在翻腾吗？"他说完，很为自己说话水平之高而自豪，见凌五斗并没有什么感觉，又埋头摊晒羊粪去了，就不死心地接着说，"我作为一个连机关的人员，随便说话都有水平，这真是没有办法的事。而你凌五斗同志虽然在炊事班，平时用不着说多少话，但你是个先进典型，这个先进典型是要随时做报告，受采访的，所以你应该学着点儿，不能九锤子砸不出一个响屁来——好不容易砸出来了，还是个闷屁。"

"连机关"这个名词也是母牛发明的，自从发明了这个词，他就把自己和班排划分得更清楚了。

　　碰到这种能说会道的人，凌五斗就会因不知所措而变得更为木讷。他站起身来，搓了搓手里的羊粪，"嘿嘿"地笑笑，一个词也吐不出来，然后又埋头"翻腾"他的羊粪去了。

　　母牛有些着急了，他埋头到猪圈旁的水龙头下，灌了一口雪水在嘴里，"咕噜咕噜"喝了一口，说，"我看你是九百锤也砸不出一个响屁来了，你看你也不问问我为什么光临你的猪舍？"

　　"为啥呀？"

　　"你今天就要见到你的猪儿子了！"母牛用夸张的声调说，"你要是能把猪养活，我们就有猪肉吃了！你知道吗？我最喜欢吃猪颈项上的肥膘肉了！"他说完，已馋得直咽口水。

　　看到他那个馋样，凌五斗说，"看你那个样子，我真害怕你会把我的猪仔一口吞掉了。"

　　"我是想吃，但得等你把它们喂肥了。"

　　"呵呵，那你就等着吧。"

4

　　凌五斗在当天傍晚十九时十分许拥有了两头肥嘟嘟的，

但已被长途颠簸和高山反应折磨得无精打采的小猪。

两头小猪一黑一白，是前来检查工作的后勤处长亲自顺带护送上来的。他把两头放在木笼里的小猪交给凌五斗的时候，说："告诉你啊，这一路，我对它们就跟对我亲儿子一样好啊！知道为什么吗？因为政委知道你要在天堂湾养猪后，非常重视，亲自到团养猪场挑选了这两头最健壮的小猪，让我亲自带给你试养，说如果能够养成，他会给你供应更多的小猪，要多少给多少，还表扬你是一个能创造性开展工作的优秀革命战士。我作为后勤处长，当然会全力支持你！如果在天堂湾能实现肉食供应，哪怕只是一小部分，那也会成为全军后勤工作的一大创举啊。"

凌五斗站得很端正，他郑重地说："首长，多谢您亲自把这两头小猪带给我，请您和政委放心，我一定努力把它们养好！"说完，他给处长敬了个不太标准的军礼，抱着小猪，把它们送进了猪圈，然后到厨房端了早就备好的米汤、剩饭给它们吃。两头小猪躲在角落里，把鼻子往羊粪里拱，其中一只黑猪用不信任的、纯洁无辜的眼神打量了他一眼。它们像一对刚寄养在他门下的，失去了双亲的双胞胎孤儿，对食槽里的吃食，它们只是抬起猪头，用粉嘟嘟的鼻子闻了闻。

它们躺在热烘烘的羊粪上，一副半死不活的样子。它们的可怜样子让凌五斗感到很难过，他把它们抱在怀里，轻轻地拍着。

后勤处长在连长的陪同下，也来到了猪圈。看到凌五斗和小猪的样子，处长也被感动了。他问："凌五斗同志啊，你知道小猪为什么没有精神，不想吃喝吗？"

"报告首长，它们跟我刚上高原时一样，也会缺氧，也会有高山反应。"

"那就给它们吸点氧嘛！"

那时候，氧气袋还比较稀罕，除了首长到连队视察和有了危重病号，连队平时都舍不得用。连长看着处长，想确定自己是不是听错了。

处长看着连长："舍不得是吧？我把我车上的氧气袋给你们留下！"

连长便对凌五斗说："去把连队的氧气袋拿来吧。"

凌五斗大声答了一句"是"，便向连部跑去。

两头小猪吸了几天氧，虽然瘦了一圈，总算活过来了。到第七天，它们对高原的环境已有所适应，不用再吸氧了。半个月后，它们变得活泼起来，但身上的膘已掉光，变得精瘦。

时光流逝，转眼一个月过去了。凌五斗觉得自己这一个月过得特别充实。他和两头小猪也成了心灵相通的朋友，小猪有什么不适，他心里就会有感觉。比如说，在小猪光临天堂湾的第十五天晚上，一匹狼闻到了猪肉味儿，偷偷地潜行到了猪圈附近。凌五斗当时正在酣睡，但他突然从床上弹坐起来，披上皮大衣，拿着手电，向猪圈跑去。他在猪圈门口看到了那匹狼。当手电光圈住它的时候，它吓得嗥叫了一声，飞快地逃窜进无边的夜色里去了。那两头小猪已感知了刚才的危险，奓着脊毛，紧紧地挤在一起，浑身发抖。他钻进猪圈，抚摸了半天，才抚平了它们心中的恐惧。然后，他又连夜加固了猪圈。忙完这些，东天胭脂色的霞光已经变浓，涂抹到了最高的天堂雪峰顶上。

又一个月过去了，凌五斗发现这两头小猪虽然活蹦乱跳的，但不再长大。不但不长，还因为身上的肥膘掉了，反而变得更为瘦小，完全成了一对小猪精怪。凌五斗想了很多办法，给它们弄了各种吃食，希望它们能长膘变肥。它们能吃能睡，但好像那些东西一吃到它们嘴里，就化成空气飘走了，它们还是那副精瘦样子。

但猪仔在天堂湾被凌五斗养活已是事实。团里的新闻干事闻讯，笔下生花，迫不及待地写了一篇《生命禁区养活猪，钢铁战士创奇迹》的新闻稿件，很快在《战胜报》上刊登出来了。没想到这则不足三百字的消息一发表，立马引起了军队后勤部门的关注，认为这是"生命奇迹"，要到现场做一番研究。

政委得知这些情况，很是高兴。认为这个凌五斗虽然表面看起来愚钝憨蠢，但的确是个能干事、会干事、有头脑、有眼光、有能力的好兵。没想事后一了解，得知那两头猪到连队后不但不长大，反而变小了，才知道此事很是麻烦。因为那篇经过加工的报道说，那两头小猪在雪域高原在世界屋脊在生命禁区"活蹦乱跳","生长正常，在连队喂养56天后，已分别由原来的9公斤和9.5公斤长到了39公斤和41.5公斤"。前面的说法科学家们知道是"报道者言"，不会太在意；引起他们兴趣的是后面那句话里的具体数字。团政治处主任为了慎重起见，还专门让连队为小猪称了体重，其重量已分别降至5.5公斤和6公斤。主任向政委汇报后，政委还以为自己的耳朵听错了。

"你说的是多少斤？"

"一个11斤，一个12斤。"

"是斤还是公斤？"

"是斤，不是公斤。"

"这个凌五斗给老子怎么喂的？那两头小猪可是我和生活服务中心主任一起从养猪场挑选的，我们挑的是身体最壮实，体质最好的两头。"

"政委啊，我当时也以为自己的耳朵听错了，我一连问了两遍，后面还是不相信，叫指导员看看连队的秤是不是有问题，他又亲自称了一次。他说的确只有那么重。说凌五斗非常下工夫，就像养自己的儿子一样尽心，但两头猪原来的膘掉光后，就不再长肉了。"

"我们原来的初衷也就是想让凌五斗试验一下那上面能不能把猪养活，没想到你那个新闻干事笔下的花开得那么脱离实际！你说现在怎么办？"

主任想了想，试探着问道："政委，这个……我倒有个弥补的办法，只是不知道是不是可以用？"

"你快说。"

"那些专家如果实在要来，我们只有一个办法，就是阻止他们到天堂湾去。"

"这是上头安排的，怎么阻止？"

"如果阻止不了，就只有一个下下策了。"

"不要卖关子了，快说快说。"

"那就是从我们养猪场挑两头猪，到时赶在他们前面拉到连队去。"

政委眼睛一亮，"好主意啊，这是上上策嘛！不过，弄虚作假，下不为例啊。"

"兵不厌诈，兵不厌诈。"主任谦虚地说。

5

那两头小猪来到连队不久，因其颜色，各有了一个"绰号"：黑猴子、白猴子。但战士们通常把它们连在一起，叫作"黑白猴子"。它们除了不会爬树——海拔太高，连队附近草都不长，自然也没树可爬，古怪精灵的样子还真和猴子差不多。它们能一跃跳过两米多高的矮墙，能跳到营院的围墙上闲庭信步，母牛还准备训练它们走钢丝，现在已经练到可以在两指宽的木板上跑过来跑过去了；最有意思的是，它们已经适应了连队的作息时间，战士们起床，它们也就起来了，战士们唱队列歌曲的时候，它们也会哼哼，并且能哼出大致的调子来。它们特别机灵，有什么动物——比如说人、黄羊、藏野驴、狼——靠近营区，它们老远就能知道，用尖声哼叫来报警。所以，它们虽然不长肉，断了连队官兵就地吃上猪肉的梦想，但很惹官兵宠爱，没事的时候，大家就会去逗玩一番，这给他们枯燥寂寞的戍边生活带来了不少乐趣。

没过多久，政治处主任拉着两头猪，提前一天光临了连队。主任护送的两头猪是来顶替黑白猴子，供专家们研究的。此事被团里列为机密，为什么拉它们上来，连凌五斗也没有告诉，连里只说这两头猪也是拉上来试养的。

一个堂堂政治处主任，为了两头猪，不远千里，跋涉数日，忍受着高山反应的折磨，历经艰险，来到生命禁区天堂湾，本来就窝了一肚子火，上来看了黑白猴子的精怪样子，气就不打一处来，一挥手就要把黑白猴子宰了，熬一锅乳猪萝卜汤，和连队官兵一起打牙祭。但看那两个家伙，剔不下二两肉，咽了一口唾沫，说敲死扔掉算了。好在指导员也很喜欢这两头小猪，就说："主任，这上面少有别的活物，黑白猴子虽然不长肉，但毕竟在这里活下来了，官兵们很喜欢它们，希望您能手下留情，让它们留在连队。"

主任喘了一口气，"你们喜欢也可以留，但留在连队的话，科学家上来看到了怎么办？"

"我们可以把小猪藏在营房后面的地堡里。但这个凌五斗不会说话，科学家问他，连里怕他说漏嘴，所以，连长准备安排他到前哨班待几天。"

"新闻报道上说是凌五斗养活它们的，科学家来后肯定要向他了解情况的。"

"我们就说他执行任务去了，我们可以找一个机灵一点的战士，比方说连部的通讯员来回答他们的问题。主任，他们也就是研究猪的专家嘛，无非是问一下两头猪在上面怎么吃，怎么睡，开头有没有高山反应之类的问题，我们通讯员天天和凌五斗混在一起，这些他都知道。"

主任想了想，说："那也只能这样了。不过，弄虚作假，下不为例啊。"

6

凌五斗次日一早就被送到了前哨班。连队把黑白猴子关进了连队最西面的地堡里。通讯员怕它们受冻，提了好几筐羊粪过去。对那两头新来的猪，主任在挑选它们时就费心不少。首先，对它们的最终重量进行了精确的计算，以黑猴子为例，他先计算出了它在连队每天增加的体重：39公斤（新闻报道时的重量）－9公斤（到连队时的重量）÷56天（在连队生长的天数）≈0.54545公斤/天，然后乘以它在连队生长的总天数，最后还不忘加上它上连队前的重量，得出了它现在的重量，即 49.3633 公斤，考虑到路途颠簸，怕它们掉膘，所以，还额外增加了 1.5 公斤，也就是说，顶替黑猴子的那头猪从团部养猪场出发时的重量是 50.8633 公斤。政治处主任不善算数，算出这个重量后他得意了好一阵子。虽然最后觉得猪在七十多天时间里长这么重有些费劲，但他得以新闻报道上的数据为准，所以只能得出这个结果。

两头猪浑浑噩噩，迷迷瞪瞪，的确是一对蠢猪。但它们享受了很高的待遇：专门有两个战士照顾它们的饮食，给它们吃的是稀饭、面条，喝的是温开水；连队军医负责其健康，每隔两个小时为它们体检一次，还得按时给它们服维生素、红景天，吃藏红花，它们的呼吸稍一急促，马上就得给它们吸氧。

两头肥猪占据着黑白猴子的圈舍，躺在暖烘烘的羊粪上，舒服得哼哼直叫。

母牛在照顾两头猪时显然比平时照顾连长还要细心，因为连队领导把凌五斗支走了，让他担负回答科学家提问的大任，所以他感到无比自豪，决心一定要把这项艰巨的任务完成好，为此他也很注意观察两头猪的状况。

他怕这两头猪因为缺氧而出意外，征得连长同意，在猪圈后面藏了两袋氧气，把输气管隐藏在圈舍的墙壁孔洞里，以便随时给猪输氧。

两位科学家紧随政治处主任的脚步来到了连队。他们承受着强烈的高山反应的折磨，一个脸色灰绿，一个脸色青紫。连队的两袋氧气都被猪用着，连长只好对他们说，连队的氧气用光了，由于交通不便，没有再充氧。两位勇敢的科学家也没有准备用氧，他们认为能够来到天堂湾是一次难得的科考机会，他们一定要珍惜，要亲自体验高山反应带给自己的感受，以便由己及猪，体验它们的痛苦。连长一听，就放心了。

他们看到两头猪活得那么好，长得那么肥，感到很吃惊。见到饲养员母牛，灰绿脸的科学家握住他的手，喘着粗气问道："你……你就是报纸上报道的凌五斗同志吧！"

母牛当时挽着衣袖，胸前挂着干净的白布围裙，给他敬了个军礼，说："报告科学家同志，我是连机关的通讯员汪小朔，这猪不久前是由凌五斗同志负责饲养的，我一直负责协助他，他前几天到前哨班执行任务去了，我便一直兼任饲养员的工作。所以，我对这两头猪的情况非常了解。"

"哈哈，那就好，那就好！"

灰绿脸科学家说完，扶住眼镜，和青紫脸科学家一起爬进了猪圈，一个测量，一个记录。他们量了两头猪的身长、身高、腰围、胸围、腹围、臀围和四条腿、尾巴以及嘴巴、耳朵的长度，量了各个部位的毛长，检查了它们的牙口、视力，测量了哼叫时的音量，称了体重，录了猪哼叫的声音……反正是把那两头猪折腾得够呛。当他们还要继续研究的时候，两头猪因为缺氧有些不对劲了。连长赶紧过来，请他们先到连部去休息休息，喝点水再说。灰绿脸科学家也觉得刚才的一番折腾，自己的头疼得厉害，同意稍事休息后再继续研究。他们一走，母牛赶紧从墙洞里扯出输氧管，放在两头宝贝猪的长嘴跟前，让它们吸了一通。它们很快就安静下来了。

在科学家再次光临猪圈时，两头猪已舒服得睡着了。他们给它们测了体温、血压、肺活量、心跳次数，做了心电图、脑电图，又采集了猪毛、猪的唾沫、尿液、粪便，然后，科学家又问了母牛一些问题，并做了记录。

"通讯员同志，我想问一下，这两头猪刚上来的时候有高山反应吗？"

"有，很严重，这和刚到这里来的人一样。但人有革命意志，猪却没有，所以它们的反应看上去比人厉害得多。有头小猪一直口吐白沫，另一头吃什么吐什么。"

"那你们采取什么措施了？"

"也没有什么好办法。最好的办法就是给它们输氧，可是，那玩意儿人都用不上，何况猪呢。只能和人一样慢慢熬吧。猪毕竟是畜生嘛，人能熬过去，猪也应该没问题啊。还有啊，我想人需要精神，将心比心，猪也应该需要的，我便决定在早中晚给它们喂食前，各灌输一次。主要的意思就是说，芸芸猪类之中，你们是有幸来到海拔最高哨卡的两头猪，应该感到无上光荣和无比自豪，你们要时刻牢记自己的责任和使命，你们的责任就是活着，你们的使命就是长膘，成为最肥的猪，最勇敢的猪，最杰出的猪。我还常常给它们讲我们连队的光荣传统，给它们讲我们在这里生存，生活，执勤，战斗时发生的感人故事。我还说，你们和人虽非同类，但作为一个生命来到了天堂湾，也就是这里的一员。我不知道它们能不能听明白，但贵在坚持，只要功夫深，铁棒磨成针，时间久了，潜移默化，就我的看法，真还起了一些作用。反正，它们的高山反应很快就变轻了，我到这里一个多月才勉强适应，而这两个家伙九天过后就好转了。虽然掉了一些膘，但精神面貌却有了明显的好转。"

科学家听得很仔细，几乎一句不漏地记录着。"我们相信精神的力量。不过，从动物学研究来说，这是一个新的观点，我一直想提出这个观点，但苦于一直没有找到印证的例子，你的说法真是太好了！"科学家很激动地握住母牛的手，"请你告诉我，它们当时掉了多少公斤膘？"

"我们不做研究，也没有去称，说句实在话，我们连自己的体重都极少关注过。我只是觉得它们瘦了，差不多瘦了两三公斤吧。"

"它们的睡眠状况怎么样呢？"

"睡觉无疑很难受，开始和人刚上高原一样，睡不着，它们比人肥胖，我常常担心它们一口气上不来，就光荣了。慢慢地，也就是大概十来天后，它们的睡眠开始好转。"

"能不能告诉我具体是多少天？因为科学需要百分之百的准确和严谨。"

母牛认真地想了想，还用指头算了算，"第九天它们的睡眠开始好转，第十天，第十一天……第十三天就正常了。毕竟是畜生，它们适应高原比人要快一些。"

"请告诉我们，它们掉膘后，多久开始长膘的？它们现在的确还算比较肥的。"

"半个月后。"

"你们主要给它们吃些什么呢？"

"和其他地方的猪差不多，每顿饭后的剩汤剩水，有时还有土豆皮、萝卜皮，在锅里煮一煮，再加一些麸皮、米糠就成了。您知道，我们部队讲究节约，不可能有米饭、馒头剩下来给它吃，这里没有菜叶之类的东西，这是它们的吃食和山下的猪不同的地方。这也可能会使它们像我们一样缺乏维生素，我们的指甲凹陷甚至脱落据说就是因为这个原因，所以我很留意猪蹄子的变化，我怕猪蹄壳变脆、脱落，影响它们行走。"

"这一点我们差点忽视了，多谢你提醒。"青紫脸科学家说完，就赶紧把猪蹄拿起来观察，不想那头猪变得异常烦躁，踹了科学家一脚，把他踹得跌坐在了一堆猪屎上。

科学家没有在意，反而很高兴，说："这家伙劲儿不小啊，这一脚至少有 15.7 公斤的力道！"

在母牛和灰绿脸科学家的协助下，青紫脸科学家很仔细地检查了猪蹄，然后激动地说："猪蹄真是出乎意料地正常，一点维生素缺乏的痕迹也看不出来！"

母牛心想，两个家伙昨天刚到连队，吃得比我们还好，当然不缺维生素啦。看到科学家惊喜的表情，差点没有忍住笑。

由于氧气供应猪去了，两位科学家差点被缺氧要了命。为了他们的生命安全，连队建议他们第二天一早就乘车离开，两人当即同意了。

7

次日离开之际，两位科学家不禁热泪涕零，他们昨晚被高山反应折磨得一夜没睡，脸色已变成了灰白色，剧烈的高山反应使他们用布条紧紧地勒着头。但灰绿脸科学家还是喘着粗气，激动地对政治处主任说："我……我很感动，这一是因为我们在这里体验了剧烈的高山反应带给我们的痛苦，但我们只待一晚，而你们却要常年戍守于此，精神感人。二是因为两头猪，它们能在这里茁壮成长，创造了生命的奇迹，提供了畜牧科研的新领域。以后有机会，我们一定还会再到天堂湾来。"

主任撇了一下嘴，说："哈哈，欢迎欢迎，我们随时欢迎！"

汽车驶出了营门，哨兵笔直地持枪站在门口的哨位上，像两尊雕塑。

两位科学家灰白着脸，他们已不愿多说一句话，多用一个动作，虽然面朝着连队，但腿肚子已经转到了下高原的方向。按他们内心的说法，得赶紧逃命。

就在这个时候，黑白猴子不知道多久从地堡里逃了出来，在离营门不远的坡地上撒欢。科学家发现了它们。他们的精神又振奋起来了。

"那是什么动物？"

"那是……"由于事发突然，连长不知道该怎么回答。

"官兵也很少见过这种动物，我倒是见过两三次，开头也不知道是啥东西，问山下的牧民，他们说可能是一种高原野兔或者旱獭之类的东西。"政治处主任不慌不忙地说，然后转过头，示意了一下连长，"科学家好像对它们很感兴趣，你试试看能不能抓住它们，让科学家研究研究。"

连长领会了主任的意思，叫上一个哨兵，向黑白猴子跑去。他们看着是去抓它们的，实际上是要把它们赶走。猪和人没一会儿就隐没到高岗后面去了。

一位科学家望着他们追捕黑白猴子，显得很兴奋。"旱獭？野兔？我看都不像，但也有一种可能，那就是高原的环境让它们变异了，我更倾向这是一个新物种。如果是这样，我们这一趟真是没有虚行。"他说完，掏出随身所带的笔记本，很快就画出了那两头"野物"的速写图。他给政治处主任看了，问他，"您看像不像？"

"没想到啊，画得真像。"

"我看怎么像野猪仔呢?"

"是吗?"

"的确像，只是野猪仔很少有白色的，但动物为了适应环境，是会改变皮毛的颜色的，雪兔、雪狐就是这样。但在这么高的地方发现野猪，也算是奇迹，我还没有看到过相关资料。"

这时，连长和那个战士气喘吁吁地跑了回来。

连长满怀歉意地对科学家说:"哎，那俩玩意儿跑得太快了，跟兔子似的!"

"你们看到它们跑到哪里去了?"

连长指了指山岗后面的山谷，说:"跑到那条山谷里去了。"

"这可能是野猪的一个新种类，以后有条件，我希望能来这里对它们做一番研究。"

"欢迎你们随时来!"

"再见了!"由于兴奋，科学家刚才暂时忘记了高山反应带给他们的痛苦，现在似乎又严重起来了。

看着他们的车一颠一颠地走远，大家舒了一口气。主任回过头来，"那两个小家伙是怎么跑出来的?"

连长连忙回答:"昨天把别的地方都堵住了，但忘了堵射击孔，那射击孔离地有一米多高，它们跳上去，然后从那里钻了出来。"

"妈的，下了这么大的工夫，差点白费！"

这时，母牛急匆匆地跑过来，向主任报告："首长，氧气瓶里的氧气已经不多了，是不是还给猪吸，请首长指示！"

"吸个屁！"

"两头猪一不吸氧，就喘得厉害，恐怕很难活。"

"妈的，我堂堂一个副团职干部，跟伺候候先人似的，又要给它们吸氧，又要给它们喝稀饭，搞得它们真给上天堂来了。这样吧，氧气连队还得留一点，不然，假如哪个战士有个意外怎么办？不过，也不能让它们出意外，我明天还要把它们带下去，让它们从天堂重回凡尘，滚回它们的猪圈去！"

母牛听了主任的话，有些沮丧。他看到那两头猪，觉得他们已经是喷香的猪肉了。两头猪没有氧吸，由于太肥胖，没过多久，呼吸就变得困难起来。母牛又赶着它们在猪圈里跑了几十圈，当日头偏到天空西边的时候，两头猪已经不行了。母牛把情况报告给主任。主任一想，就说："既然这样，刚好，趁它们还没有死，赶紧宰了，给官兵们打个牙祭，就算慰问大家吧！"

"真是太好了！"母牛一听，差点欢呼起来。

于是，这两头肥硕可爱、从一千多里外的团饲养场、由副团职政治处主任带着一名饲养员、一名军医护送到天堂湾的猪，就在当天晚上上了连队的餐桌，进了官兵的肚子，在次日大致差不多的时间里，拉进了连队的茅厕。

这一切，凌五斗自然不知道。

8

裸露出来的山脊呈现出一种异常苍茫、孤寂的颜色，没有消融的积雪永远都是那么洁白、干净，苍鹰悬浮在异常透明的高空中，一动不动，可以看见它利爪的寒光和羽翎的颜色，冰山反射着太阳的光芒——前哨班就在冰山的上面。由于太晃眼，凌五斗没法抬头去望它。

凌五斗因为挂念黑白猴子，觉得自己在前哨班一下变得脆弱了。还没到哨卡，高山反应就袭击了他，让他差点没有支撑住。他觉得自己有些发烧，像是感冒了一样。所以，他在前哨班待了一个多月，就被连里叫回去了。他从矮壮的藏马上跳下来，刚把马牵进马厩，母牛就跑来了，帮他拿着枪和子弹带，"你在连里的时候，我见了你就烦，不想三四十天不见，还有些想你呢。"

凌五斗笑了笑，"我也是。"

凌五斗最关心的还是那两头猪，忍不住问母牛，"黑白猴子怎么样了？"

母牛"嘎嘎"笑了，像公鸭叫似的。但他马上止住笑，很认真地回答了他的问题。他说："它们都很好，黑白猴子长得肥嘟嘟的，像两只大冬瓜。现在连队已养了三十多头猪，有你忙的了。"

"三十多头猪？饲料可不好解决。"

"没关系，为了养它们，团里已开始生产你发明的压缩饲料。"

"我没有发明那种饲料啊，你知道，我哪有本事发明出那种饲料呢。"

"团里上报的先进事迹材料说是你发明的，说你为了在世界屋脊上发展养猪事业，解决连队肉食自给这个一直制约高原部队后勤供应的难题，根据你平时吃的压缩干粮，发明了猪吃的压缩饲料。也就是把青饲料脱水，压缩，这样，节约空间，耐存放，每头猪每顿喝点水，吃一坨就够了。这一点，报纸上也报道了，你就不要谦虚了。"

"可我的确没有发明过。"

"凌五斗同志，我们常说，过于谦虚就等于骄傲，而骄傲使人落后，你是我们的榜样，你可不能落后，我看你可能是把你的这个发明搞忘掉了。"

母牛的口气很严肃，跟连长的口气差不多，凌五斗只好把这个发明给认下来，"那……也有可能……是吧……"

"还要告诉你一个好消息，团里已给连队配了一头种猪、三头母猪，这样，母猪就可以下小猪了，以后，就不用从团里往山上送猪仔了。"

"是吗？这天堂湾海拔这么高，母猪能产仔吗？"

"这你就不用担心了，我告诉你啊，那三头母猪可漂亮了，都是双眼皮儿的，一头叫凤眼，一头叫粉嘴，一头叫翘沟子，我们还为那头种猪取了个绰号呢，你猜叫什么？"

凌五斗想了想，说："这猜不出来，你直接告诉我得了。"

"叫五斗。"

"啊？怎么跟我同名啊？"

"这是为了纪念你为连队饲养事业做出的突出贡献，经连队党支部研究，给定下的。"

"不可能吧……你看你又在乱说了。"

"哈哈，你看你好像还不太愿意，你不要不知好歹，那头种猪可幸福了，天天爬那三头母猪的屁股，爬得母猪嗷嗷叫，爬得母猪屁股后面的猪毛都掉光了。不过，它没有白忙乎，已经把它们的肚子搞大了。"

"你是说它们已经怀上小猪仔了！"

"当然！你想想，如果母猪能够在这里产仔，邻近几个边防连以后也就可以发展养猪大业了，而我们连，就是海拔最高的饲养基地，这应该都是那头叫五斗的种猪的功劳啊。"

"我觉得把我的名字安在那头猪身上真是……不太合适。"

"你是不是觉得自己受之有愧啊？你看你又要谦虚了！我们连现在正在争取'全军后勤建设先进单位'，同时，部队已经上报你为'全军后勤战线先进个人'，何记者写的通讯《世界屋脊上的猪倌》就是写你的，已在《战胜报》上登出来了。"

"何记者都没有采访过我，怎么就写我了呢？他应该报道那些值得报道的事情。"

"因为你是先进嘛，先进人物的先进事迹谁不知道？哪用得着非得采访你呀。"

"可是……"

"你就好好珍惜属于你的荣誉吧，要发掘、推出一个先进可比你发明压缩饲料难多了。"

"我……我可真是……"

"凌五斗同志，你又准备谦虚了是不是啊？如果是，赶快打住！"

"我……哦，我想再问一下，那两个科学家怎么样？他们的研究有结果吗？"

"这你放心吧，他们的成果大大的，他们回去后，已在养猪行业最权威的专业刊物《科学养猪》《神州畜牧》两家杂志上发表了调研报告，说我们连创造了高原养殖业的奇迹，已经证实了这里发展养猪业的可行性。很多报纸都对他们的调研成果做了报道。我们连就是凭这个去争取'全军后勤建设先进单位'这一崇高荣誉的。"

听母牛这么说，凌五斗高兴地笑了。心想，母牛这家伙虽然好吃，但连《科学养猪》《神州畜牧》都知道，还知道那是"养猪行业最权威的专业刊物"，他不得不佩服。

他说："多谢你告诉我这些，我想去看看它们。"

"连长和指导员都等着你呢，你还有心思去看猪。"

"哦，那是得先到他们那里去看看他们。"

母牛看着他的背影，非常得意地"嘿嘿"笑了，"呵呵，真是个傻子啊，什么话都信。"

9

凌五斗喜滋滋地往连部走，想起了他的猪，他的确很高兴。说句实在话，他喜欢养猪这活儿。但他觉得，连队把那头唯一的公猪以他命名，还是不合适。他决定把这个事郑重地给连长和指导员说一说。

快到连部门口的时候，他有些忐忑。虽然他见过的门很多，虽然这道门十分普通，但他觉得这道门很是威严。他觉得自己的腿开始发颤、发软，他求助似的回过头去看母牛，但母牛的影子也看不见了。

门开着。他硬着头皮喊了一声"报告"。喊完之后，他才发现自己的声音有些发抖。虽然他还穿着在前哨班执勤时的那身衣服，但他觉得真的有些冷。

连长和指导员几乎同时回过头来，死死地盯着他被紫外线烤得紫黑的脸，然后，连长从头到脚把他打量了一番，指导员也从脚到头把他打量了一番。他们的目光像针，穿透了他污脏厚重的皮大衣和里面已经一个多月没有洗的军服，扎着他，有一种又酥又麻又疼的感觉。他对着连长和指导员笑了笑。他笑的时候，眼睛眯了起来，他的两点眼白看不见了，但露出了一线月牙形的白牙。

他身上的气味已经弥漫开来，在火墙热气的作用下，连部好像变成了马厩。连长和指导员不约而同地皱起了眉头，屏住了呼吸。

"妈的，你就站在那里说话。"连长一边说着，一边把一扇窗户打开了。

"是，连长！"

"在前哨班待得怎么样啊？"

"报告连长，很好，就是时间短了一点。"

"想去的话以后还可以去啊，现在，你养猪这个事可是搞大了。两位科学家上来后，回去做了汇报，报纸已做了大量的报道，说我们勇攀了中国畜牧业的高峰。"

凌五斗迟疑了一下，说："我听说了，我们连队的猪发展得很好。"

"一听就是个病句！连队的猪发展得很好，有这么说的吗？"指导员很权威地发问。

"哦，应该是……是养猪事业。"

"对，你听谁说的啊？"

"通讯员同志，他说现在连里已养了三十多头猪呢。"

"哈哈，你就知道猪！我看你前世肯定是一头猪！三十多头猪……嗯，就算是吧！"

"哎，连长，这真是太好了！"他听连长确定了这个数目，知道母牛没有骗他，很是高兴，他接着提出了那个要求，"连长，通讯员同志告诉我，说连队又给了我一项荣誉。"

"连队给了你一项荣誉？什么鸟荣誉啊？"

"通讯员同志告诉我，说连队用我的名字为连队的一头种猪命了名。"

"哈哈……"连长和指导员一齐大笑起来，但他们笑了几声，把笑猛地刹住了，然后，指导员像突然想起了这件事，很严肃地说，"哦，是有这件事，呵呵，不过，我觉得这是你应该得的。"

"但……命名这个荣誉太大了。在我们老家望城，有一条街道就是用我们乐坝大队书记杨文康的弟弟杨文武命名的，生产队的一头牯牛发了疯，他弟弟怕它伤到社员，奋不顾身，勇拦疯牛，不幸被疯牛锋利的牛角挑破了肚皮，最后抢救无效，英勇牺牲了。他被县革委会树为'勇救群众的革命青年'，号召全县人民向他学习，并把望城牛市街命名成了'文武街'。"

"哈哈，不要谦虚，过于谦虚就是骄傲，而骄傲使人落后！你是我们连的先进典型，你怎么能落后呢？这一点，你一定要记住！"

他听指导员后面这句话说得挺严肃，连忙立正，大声答道："是，指导员！"

"你还有什么话要问吗？"

"报告连长，没有了，知道连队养猪事业发展得这么好，我就放心了。"

连长换了脸色，"养猪养猪，一天就知道养猪！你要搞清楚，你现在是我堂堂天堂湾边防连的先进典型凌五斗，不再是团养猪场那个养猪的凌傻子了！我天堂湾边防连是守防的，不是养猪的！"

"是，我知道！"

"前哨班伙食不好，我叫炊事班给你做了面条，你先去把肚子填饱；然后，好好洗个澡，你身上臭得跟马厩似的。"

"多谢连长，多谢指导员！"

10

炊事班做的是雪菜鸡蛋面条，里面还放了一罐头红烧肉。那面条真是太好吃了，凌五斗吃得汗水"噗噗"直往面盆里掉。母牛一边咽着唾沫，一边说，你看你都不用加醋了。吃掉一大盆面条，他撑得都站不起来了。他感到非常满意。他坐在那里，抹掉汗水，脸上堆满了幸福的笑容。

接着，炊事班把洗澡水放进洋铁皮做的浴盆里——连队一共有五个这样的洋铁皮浴盆。他蹲在热水里，感到特别舒服。身上的泥垢被搓下来后，他感到身体一下变轻松了。他换了衣服，刮了胡须，理了头发。他们说他又是原来那个凌五斗了。

洗了那身满是马厩味儿的衣服后，凌五斗在连队转了好几圈。他在找他的猪。但猪圈空空的。有几坨猪粪都干了，他用手指轻轻一捻，就成了粉末。他又扩大了寻找范围，找遍了菜窖、废弃的羊圈，甚至地下掩体和哨楼——他觉得连队这些不懂养猪的人怕把猪冻着，可能会让它们待在那些他们认为很暖和的地方。但是让他失望的是，他连一根猪毛也没找到。三十多头猪，该是好大一群，他们能把它们藏到哪里去呢？他很是担心，傍晚的冷风吹着他，他的额头却冒起了热汗。

"你在找什么？"他从弹药库后面的地窖里钻出来的时候，母牛笑嘻嘻地问他。他袖着手，好像在那里等了好几年了。

"猪，猪呢？"他着急地问。

母牛"嘎嘎嘎"地笑了。他笑了好半天，然后忍住，转了转又大又亮、有些妖媚的眼睛，随口说："那些猪可比我们有福！"

"你这么说，是什么意思？"

母牛"嘿嘿"笑了，"我们在这里守着，还没有下过山呢？你知道我一旦下山，最想干的是什么吗？"

凌五斗摇了摇头。

"看人。"

"看人?"

"是的，每天看到的就是你们这几张鸟脸，看得我直想吐啊。"

"可我怎么也看不够，我觉得一张脸就可以看一辈子。一张脸就是一个……"他想了半天，才很没有把握地接着说，"一张脸就是一个人世……"

"那也得看是什么脸。"

"所有的脸都是。当然只是人脸。动物也有脸，但它们害羞，都用毛遮着。所以它们的表情变化只能从眼睛里看出一些，而人脸就像这些山、这些季节一样，每时每刻都在变化。所以说，每张脸上都有一个人世。"

"哦，我看你不要找猪了，去做哲学家算了!"

母牛这一说，凌五斗才知道母牛把他的话题引岔了，他赶紧言归正传，"对了，你刚才说那些猪有福了。猪会有什么福啊，无非是喂肥了挨宰，然后被吃掉。"

"我们天堂湾的猪怎么会挨宰呢，告诉你吧，它们进京了!"母牛用夸张的声调随口说道。

"你乱说吧，怎么可能呢?"

"我多久跟你乱说过? 你不记得了? 那两个畜牧专家来我们连考察后，回去发表了研究文章，报纸也报道了，这样，全国人民都知道我们这里创造了奇迹，然后呢，他们就产生了非常强烈的愿望，纷纷给报纸写信，想一睹我天堂湾这些英雄猪的风采，这样，我连的这些猪——你最心爱的伙计们，被上头拉到了山下，然后运到全国各地巡游去了。"

"连猪仔都拉去了吗？"

"都拉走了，连里现在就剩下黑白猴子了，还是那么大一点，一点也不长。不过，已好久没见到它们的影子了，说不定已经被狼吃掉了。"

"它们巡展结束后还会回来吗？"

"你要它们回来挨宰啊？当然不回来了，听说巡展结束后，就直接把它们送到北京动物园，听说会与大熊猫住在一起。"

"大熊猫可是国宝啊，它们也享受国宝级的待遇了！你有没有听连长指导员说起，连队还会不会养猪啊？"

"你还想养是吧？作为战友，我奉劝你一句，千万不要和他们再提养猪的事了！我们连养猪养出了这么大的荣誉，已经够了。"

"可是，我们养猪是为了让大家吃上肉，到现在大家还没有吃上呢。"

"你要想养你就去跟连长说吧。"

"好的，我这就去找他。"他说完，转身朝连部走去。

凌五斗找到连长，连长一见他的神情，就知道他要干什么，没等他开口，就问："是不是又是猪的事情？"

凌五斗点点头，"连长，我这几天一直在想着连队的猪，我听通讯员说它们被运到内地巡展去了，这很好，但我们连队没有人跟着，我不知道它们怎么样了？"

"哦，是么？巡展？哦，是的，巡展完了就送回来了。"指导员一见他提猪的事就心烦，一边写着什么，一边头也不抬地随口应道。

"但通讯员跟我说，它们在全国巡展结束后，会被送到北京动物园，和大熊猫住在一起。"

连长和指导员一听，忍不住爆笑起来。他俩笑得肚子疼，笑得弯下了腰。连长好不容易忍住笑，装起正经来，严肃地说，"那些猪跟大熊猫住在一起了，多好，这相当于什么呢？相当于你凌五斗住到了七仙女身边，我们不用操心了，你喜欢猪，就管管黑白猴子吧。"

"通讯员说，黑白猴子好久没有回来了。"

连长盯着凌五斗的脸，说："我没想到你和猪有这么深的缘分，你如果在这里当连长，我看你上任第一天，就会把这里办成一个养猪场。黑白猴子没事，它们自由散漫惯了，在外面野一段时间就会回来的。它们回来后，你如果在这个冬天能把它们养肥，明年开春我就让你发展你的养猪事业。"

凌五斗一听很高兴，很有把握地说："只要是猪，我就能把它们养肥。"

"我看你真是一张炖不烂、煮不熟、炒不进油盐的臭牛皮！"连长用悲悯的眼神看着他，忍不住长叹了一声。

11

老兵走后不久的那场雪特别大，像是天上发生了雪崩。高原被冰雪严严实实地封冻起来了，直到来年五月，这里与外界将彻底隔绝。如果能从人间仰望这里，你会看到天堂湾像是一叶封冻在众山之上、雪海之间、云天之中的孤舟。从天空俯瞰，它则像一粒不断被冰雪啃噬的尘埃。

虽然凌五斗一心想着他的猪，但上级为了培养他，高瞻远瞩，特意让他担任了先进的天堂湾边防连里最先进的一班班长。

老兵走了，再加上一些回家探亲的官兵和外出学习、培训的，连队的人一下子少了好多。一班一共十人，现在把凌五斗算上，也只有五个了。

为了节约烧火墙用的煤，凌五斗建议，官兵在冬天应该集中居住。连长采纳了他的建议，于是，全连官兵就集中到了两个相邻的大房间里：连部和一排及炊事班住一个房间；二排和三排住相邻的房间。这样，只需要把两个房间之间那面火墙烧热就够了，一个冬天的用煤量只需要原来的七分之一。连队把这作为一个经验上报团里，团里再层层上报，这就成了全区部队的一种做法。而这个建议是凌五斗提出来的，他于是又多了一项勤俭节约、艰苦奋斗的先进事迹，报纸自然又把他宣传了一番。

黑白猴子是在老兵复员的第二天傍晚回到连队的。凌五斗老远就听到了猪哼哼。然后哨兵兴奋地喊叫起来，像发现了史前动物那样惊喜，"黑白猴子回来了，黑白猴子回来了！"

连队的战士们闻声而出，看到黑白猴子披着一身霜雪，大摇大摆，神奇得像两匹骏马似的走进了连队的院子里。然后，它们停住了，仍用尖细的声音哼哼着，用归乡浪子般的眼神望着大家。

凌五斗看到它俩时，他揉了揉自己的眼睛——他以为自己刚从室内出来，外面的雪光晃眼，把自己的眼睛晃得昏花了。他看到黑白猴子还是那么瘦小——甚至比先前更加瘦小，只是猪毛长长了，眼睛更有神了，筋骨在高原风霜雪雨的捶打下，已变得如钢铁一般了，因为即使隔着皮毛，风敲在上面，也可隐隐听到叮当之声。

凌五斗不相信地问道："它们……真是黑白猴子？"

"不是黑白猴子，难道还是黑白兔子？"

"的确是它们……"凌五斗看到它们还是那个小样儿——确切地说，是更小样儿——感到有些尴尬。

"它们是打定主意不长大了。"一个战士说。

另一个战士说，"可惜啊，真正值得研究的是这两个家伙，可惜那些专家来没有见到……"

一个老兵说："你他妈的闭嘴！"

有人要去捉它们，但它们像一小股旋风，从大家的腿间“嗖”地蹿了出去，然后飞身上了围墙，又一跃上了连部的屋顶。它们站在屋顶边沿，那瘦骨嶙峋的小猪身被积雪吞没了，只露出了两颗小猪头。它们用四只鬼精鬼精的小眼睛俯瞰着大家，显得既正经又滑稽，惹得每个人都哈哈大笑起来。

“这俩家伙出门半年多，飞檐走壁之功更高超了。”

“说不定它们真是找到了隐居在喀喇昆仑雪山深处的绝世高人，学了功夫。”

“我知道那位高人是谁。”

“是谁啊？”

“昆仑老猴。”

听了这话，大家又嘻嘻哈哈地笑了一阵。

黑白猴子现在已经两位一体了，它们的动作大都是一致的。你叫它们的时候，也只能叫“黑白猴子”，如果只叫“黑猴子”或者“白猴子”，它们是不会理你的。

孤寂的雪山让大家觉得很无聊，就想让它们从高处下来玩玩。但它们就是不理睬。他们让凌五斗试试。凌五斗冲它们叫了一声。它们的耳朵就奓了起来，然后腾起一片雪沫，敏捷得像猴子一样，从房顶一步跳到围墙上，又一步从围墙上跳到雪地上，然后欢欢喜喜地来到了凌五斗跟前，望着他。

凌五斗蹲下来，抚摸着它们的脊背，那充满慈爱的神情，像在抚摸着自己的孩子。黑白猴子一动不动，嘴里齐声哼哼着，舒服地享受着来自人类的抚爱，就像沐浴着上帝的光。

"凌班长，它们比你的儿子还要听话。"

"凌班长，你再给它们下个命令，我就不相信它们那么听你的话。"

凌五斗听了，就对黑白猴子说："去，回你们圈里去吧。"

他话音刚落，黑白猴子"嗖"的一声，像一小股黑白旋风，刮到了它们已好久没有待过的猪圈里。

大家啧啧称奇，称赞黑白猴子和凌五斗心灵相通，说他们前世有缘，不是兄弟就是父子。凌五斗嘿嘿笑着，也不谦虚，任由大家称赞着。

12

凌五斗从来没有觉得自己成为一班长后与以前有何不同。任何事情，他都是带头去做，他从不命令别人去干什么。他刚去当一班长的时候，班里没有一个人理他。他的床铺本来是靠最里边的，并且是下铺。听说他要去出任赫赫一班的班长，班里的战士就把它挪到了门口，且让他睡到了上铺。他什么也没说。不但如此，他也不像其他班长，很多事情都让战士去做，屋子脏了都是他打扫，战士们的衣服脏了他也帮着洗，半夜的岗都是他去站，连暖瓶里的水都是他去打。

连长原本就怕他不会当班长，现在果然如此，就对他说：“你这哪是去当班长啊，你是为你的兵当奴仆去了。”

凌五斗笑了笑，说，“没啥，挺好的。”

连长叹息一声，嘀咕道：“真是烂泥糊不上墙啊。”转身走了。

起先，那些战士们觉得自己能收拾班长，能把班长收拾得没脾气，还很得意。但十一天后，他们就变化了。他们先是把班长的床铺移到了原先所在的位置，让他躺到了下铺；然后凌五斗穿脏的衣服放在那里，就有人拿去洗掉了；屋子里有一点垃圾，也会有人打扫掉；总之，有什么事情的时候，大家都抢着去做，生怕被班长做掉了。

凌五斗就是这样一个人，他不会去指使别人，他只会去做事。一班的战士们没有想到会有这样一个班长，每个人都觉得，这个班长是个与众不同的班长。他显得那么善良、宽容，使你不好意思再和他作对，不好意思不再听他的指挥，如果上了战场，你也不好意思不去为他而死。

连长答应过他，说他如果能把黑白猴子养肥了，明年就让他继续养猪。虽然他看到已然一年多了，黑白猴子还是那么袖珍、那么瘦小，但他一点也不灰心。因为他坚信，如果说战士的责任是保家卫国，那么猪的最基本的职责就是长肉长膘。他不相信黑白猴子身为猪类，连这最基本的职责也履行不了。

他的空余时间都用在了两头猪身上。他把猪圈重新拾掇了一番，把透风的裂缝都给塞上了，又在里面垫了一层厚厚的干羊粪。炊事班每顿做饭时削下的土豆皮、萝卜皮、废弃的白菜帮子，他都收集起来，洗干净后，和上残汤剩羹，亲自加工成猪食喂养它们。他雄心勃勃地计划着，如果他能把它们在明年开春前养肥了，他就再养三十多头猪，到时，他不会让上头再把它们拉出去巡展，而是要留在连队，宰了后改善连队官兵的生活。

　　黑白猴子还是那么精灵，对于那个温暖的猪圈，它们待在里面的时间并不多。前往各个山口的巡逻线路早已被积雪覆盖了，连队周围的积雪厚达一米，有些地方的积雪已经翻过了围墙。连队成立这么多年来，这里很少有外来人员活动，冬天，不要说人，就连一根鸟毛也不可能看到了。所以，官兵们只能窝在那两间营房里打发时光。黑白猴子老往那两间大屋子里蹿。连队集合的时候，它们也跑来站在队列末尾，俨然队伍中人。大家在连队院子里一圈圈跑步的时候，它们也跟在后面，引得大家颇是欢喜。很快，它们就学会了更多人类的动作，比如，值班排长集合喊立正的时候，它们的四只小猪蹄也会靠一靠，也会把自己的小猪身挺一挺；喊稍息的时候，它们也会把自己的两只右蹄往右伸一伸；包括向前看、向右看齐、向左转、向右转、向后转、齐步走、跑步走这些队列动作它们都学会了。它们唯一没有学会的就是正步走，因为它们总想把前后一侧的小腿同时踢起来，这样每次都站立不住，滚倒于冰雪中。报数的时候，它们虽然喊不清数字，但会用力地哼叫一声。有了它们，战士们感到其乐无穷。

总之，它们是把自己看成了名副其实的人。这在边防连队，其实也不算什么新鲜事，在一些报章杂志上，不时就可看到自觉为前哨班托运给养的军骡，为连队驮水十年的老黑牛，还有军马如何驱赶狼群救了战士，军犬怎样尽责捕获了敌特。这种消息之所以不时可见，是因为它们的确具有新闻价值，因为按照新闻"狗咬人不叫新闻，人咬狗才叫新闻"的定义，战士给前哨班送给养是不叫新闻的，而骡子能做这件事就叫新闻。所以，不少连队都有这类动物的墓碑，首长题词，领导撰文，英灵义魂永垂边陲，很是隆重。

黑白猴子似乎也在争做这样的无言战士。但是不久，它们就比一般的战士显得高傲了，因为它们会了文艺，以为自己是文艺兵了。起因是这样的：为了讨得大家的欢心，它们开始在屋子里表演跳高、两脚直立、后腿腾空，目的无非是引大家发笑，喜欢它们，容忍它们在有火墙的温暖宿舍里出入。对这个孤悬人世之外的雪海孤岛上的战士们来说，它们给他们带来了欢乐，排解了寂寞，大大减轻了指导员做政治思想工作的压力。它俩很快就集全连宠爱于一身。每天都有人给它们洗澡、梳理猪毛，有战士把自己吃的馒头偷偷地带出饭堂给它们吃，有人教它们走横木、钻铁圈，教它们后腿站立、前腿倒立，彼此握手、拥抱、亲嘴，背靠背、肚贴肚，前空翻、后空翻、匍匐爬行。不出俩月，它们已俨然是杂技表演艺术家和令人捧腹的笑星了。

全连官兵都很乐呵，只有凌五斗叹气连连。他知道，黑白猴子要是这样闹腾，怎么可能长膘长肉呢？它俩不长膘长肉，他明年重振天堂湾边防连养猪事业的宏伟目标就不可能实现。为此，他跟指导员提过意见。指导员说："你让它们长一身肥膘，变得蠢头蠢脑的，有什么意思呢？"

"但是，连长说了，它们只有长膘了，才会让我明年……"

指导员毫不客气地打断了他的话，"我让你带兵，你他妈的却想着养猪！你把它们喂肥了，无非是给大家提供一两顿肉食，但它们如果能保持现在这个样子，你知道它们提供的是什么东西吗？"

凌五斗摇摇头。

"是精神食粮！是随时为大家带来欢乐！这可比文工团那些演员强多了。所以，你现在不是一心一意地要它们长肉，而是要教它们多会几样节目，全面地挖掘它们的文艺潜能，让它们更好地为丰富官兵的业余文化生活服务。你知道吗？它们对连队先进革命文化建设做出了十分突出的贡献！"

"啊，原来是这样的，我知道了。"

13

凌五斗听指导员那么说，还是有些失望，他觉得，天堂湾边防连养猪事业的前景一下子变得无比黯淡。他心灰意冷地蹚着雪，走到围墙外面，蹲在暗堡上。他想起了祖母和母亲，想起了他家屋侧的一棵桃树，想起了故乡的平原和平原上散发的庄稼和农家肥的气息。他觉得自己的心和暗堡上的积雪一样柔软。

他望着远处。除了天堂雪峰，这里的雪山显得并不高拔，像是覆了白雪的南方丘陵。之所以这样，是因为他已身处高拔之地，这里已处于众山之上。积雪把它们的棱角抹去，使它们显得和哺乳期的母亲的乳房一样饱满。前方的前方再无山了。天空从那里沉了下去。凌五斗明白，那是大地的边缘。

雪不再飘飞的时候，天空重新笼罩在头顶，是没有任何污染的湖蓝，可以看到一些雪没能遮住的深黑色危岩。西沉的太阳像在那蓝色里洗过，把傍晚时的瑰丽洗却了，显得和月亮一般晶莹剔透。天地尽头，还余一抹红霞，在等待太阳归去。月亮已升起来，是一轮弦月，比夕阳更为晶莹，像一块用羊脂玉做的工艺品。

这样的冬天，连队的确没有什么事情可做。

天堂湾边防连驻守的喀喇昆仑山口虽然偶有通行，但正如斯坦因当年在英国皇家地理学会的演讲稿《亚洲腹地》（载于该会出版的地理学杂志第65卷第56期）中所说的：其地海拔约18600英尺，仅此一路可通拉达克及印度河流域。道路既高险，地复荒凉，运输上颇为不便……

这些，凌五斗当然是不知道的。他只知道，自连队驻守在这里以来，就没有发现过"敌人"的踪影，他们是作为一个象征驻守在这里的。因为这里是生命禁区，连队也获得了不少荣誉。但获得荣誉的个人却屈指可数，其他人则被淹没在了天堂湾这个集体之中。而驻守条件同样艰苦的其他连队，也被天堂湾所代表了。所以说，凌五斗是幸运的，他代表了天堂湾近百名战士，准确地说，他已经成了整个边防团、整个防区的代表，其他人都是他的陪衬。而明年开春，有关凌五斗事迹的宣传高潮一到，他就会誉满天下，成为全军最有名的士兵之一了。

他现在不去想这些事情了，他现在也管不了黑白猴子，他只好想一想怎么当好这个一班班长。

他从连队阅览室借来了一大摞有关书籍。有如何成为一名优秀班长的，有初级步兵指挥教材，也有介绍苏联、美国等国军队战术及战略思想的，而他最爱的是《毛泽东军事文选》。他如饥似渴，这些东西很快就刻进了他的脑子里。他根据教材，编写了一套边防连队军事训练法。他给连长看了，连长的眼睛顿时发出了亮光，惊喜地问道："这个方法，你是怎么想出来的？"

"也没咋想，看了那些书，又想了想我们连队目前的现状，就在脑子里形成了。"

"那你愿不愿意把这个训练法写出来？"

"我写东西不行。"

"你怎么想的就怎么写就行了，把它理出个条条框框来，然后由我来完善。"

"那我试一试。"

凌五斗回到班里，先写下了"指导思想"，然后是高原边防部队春夏秋冬四季的训练特点、具体方法。他把这些东西交给连长，连长看了，惊喜得边看边拍大腿，然后重重地拍了一下他的肩膀，说："很好，非常好！"

连长根据高寒、低氧地区的作战环境，完善了《关于高海拔地区边防连队作战训练的经验报告》，用电报上报给了团里。他希望把这个训练法命名为"陈向东训练法"。这个命名让他有些飘飘然了。他在天堂湾已经干了三年半，等这个训练法一推开，他说不定能直接从连长提为营长呢，然后团长、师长……一直青云直上……

团长接到报告，很是高兴，把连长狠狠表扬了一番，说他善于革命性地开展工作。但政委觉得要把凌五斗这个典型推出来，需要全面提升他的素质，而凌五斗缺乏的刚好是军事方面的突出事迹。所以，他决定把这个经验放在凌五斗名下，他组织笔杆子们把这份报告加工成了《关于高海拔地区班排作战训练的经验》，然后又起草了《关于在高海拔地区推广"凌五斗训练法"的请示》，上报给了防区，不久，防区政治部向军区上报了《关于在高海拔地区大力推广"凌五斗训练法"的请示》；军区很快就下发了《关于在高海拔地区大力推广"凌五斗训练法"的指示》，还特别要求防区部队"一边推广，一边完善，大力宣传"。

连长看到团里的电报，看到他的训练法换成了凌五斗的，心里有一股非常奇怪的感觉，但他却什么也说不出来。而凌五斗却不知道这些。他当时正在给黑白猴子弄猪食。那两个家伙还是那个样子，可能是已经觉察到自己不再是只能偶尔逗人一笑的"天（堂湾）漂（泊）一族"，而是天堂湾的文艺明星，要保持身材了，所以吃得越来越精细、越来越讲究。虽然吃的还是剩饭剩菜，但萝卜皮、土豆皮、白菜帮和隔顿的饭食是绝对不吃的。凌五斗知道它俩是绝对不会长膘了。但它们能给大家带来欢乐，总算没有白养。春节即将来临，它俩的第一个专场演出就要开始，他更不敢马虎，把它们照顾得格外细心。

连长见他那样，死死地盯着他忙碌的背影，恨不能"突突突"给他一梭子。

14

随着春节的临近，连队表面上看着一派喜气，但稍微注意一点，就可以感觉到那种思念亲人的忧伤。这种气息弥漫在充满火墙味的营房里。

饺子是没有的，素菜和水果更没有。原因是今年冬天来得早，冬储物资只运送了不到三分之二，大雪就封山了。春节前夕，防区动用了山下的所有兵力，试图打通运输线，都没有成功。连队的粮食省着吃的话，可以维持到来年开山，但蔬菜已经吃完了，剩下的只有罐头和压缩干粮。罐头以红烧肉、荤炒什锦和酱爆肉丁为主，大家早就吃得一听它们的名字就想呕吐了。炊事班把菜窖翻了一遍，最后才在墙角的一堆垃圾里，找出了还顽强地保持着水分的一点白菜帮、几个长着白色根须的胡萝卜、十几个洋葱、一小堆土豆。

炊事班班长灰头土脑地从菜窖里钻出来，捧着那些战利品，来到了连部。他想告诉连长，这个春节没法过了。

连长用力吸了一口莫合烟，说："没法过也得过。"

"那怎么过？"

他把一口白色的烟雾狠狠地喷向屋顶，说："我有办法，你们等着吧。"他说完，死死地盯着乖顺地躺在火墙边的黑白猴子。

黑白猴子感觉到有一对目光正在剥它们的皮，剔它们的骨。它们浑身颤抖，翻身爬起，就要往外逃跑。

连长这次比它们还要敏捷，他像一发出膛的炮弹，"轰"地射到了门边，把门关死了。然后，他尖声喊叫道：

"抓住它们，快抓住它们！"

大家一时没有明白连长要干什么，都没有动。

黑白猴子却明白了自己面临的凶险命运，它们飞身跳到了窗台上，想从那里逃出去，但它们瘦小的身躯没能撞碎玻璃。

"他妈的，你们看着我干什么？快抓住它们，我要把它们剁了，做饺子馅。"

战士们听到连长的命令，都朝黑白猴子涌去。黑白猴子站在窗台上，见逃跑不成，便有些凛然、有些悲壮地望着大家。它们的眼睛亮晶晶的，让抓捕它们的人一下犹疑起来。

凌五斗风一样刮到了黑白猴子面前，拦住了大家。他没有说话。他用复杂的眼光看着面前的人。大家站住了。双方僵持着。

"怎么啦？"连长恼怒地问道，摩拳擦掌地走了过来。

凌五斗的嘴巴嚅动着。他为黑白猴子求情，希望大家饶过它们。但可能是紧张，他的声音没有发出来。

连长站在了他的跟前。他的身上那股混合了烟草的味道转化成了硝烟味。凌五斗感觉到了他身上的杀气，他往后退了一步，把黑白猴子护住。黑白猴子似乎觉得自己安全了，把自己尖削、滑稽的猪头分别从凌五斗的左右腋窝下伸出来，好奇地看着大家——它们对这个高悬在世界屋脊之上的小小世界中的一切永远都充满了好奇；它们也想让大家认识到它们的真正价值——它们是娱乐明星，而不是饺子馅里的肉末。它们把大家再次逗笑了。笑声里混合着残留在嘴里的酱爆肉丁罐头发酵后的味儿。

这就像战场上冲锋在即时发出的笑声，它可能使整场严肃的搏杀变得滑稽，可能使战斗的勇气化为乌有。连长十分恼怒，回头对着自己的士兵大声骂道："妈的，笑什么笑？"

笑声戛然而止，黑白猴子吓得一下缩到了凌五斗背后。

连长想把凌五斗拉开，但他像一块铁板一样冰冷、沉重。他纹丝不动。

连长有些惊讶。但在身后十几双眼睛的盯视下，面对凌五斗这个堡垒，他不得不勇往直前。他吼叫道，"你他妈的，给老子滚开！"吼完，就开始推他。

凌五斗依然没有动，他的身体变得像钢铁一样冷，他身上的寒意让连长的手哆嗦了一下。他看着连长，对他说："连长，不要……"但他的声音还是没有发出来。他很着急，他的脸憋成了紫红色。

连长回过头来，对身后的战士说："这个家伙疯了，把他给我拉走！"他的声音因为恼怒变得尖厉起来，似乎可以像匕首一样刺透每个人的胸膛。

两个战士冲了上来，分别拽住了凌五斗的左膀右臂，用力去拉，但凌五斗一动不动，两个战士感到奇怪，赶紧松了手；其他几个战士一见，又冲了上来，他们一起使劲，又推又拉，但他像一根根系深深地扎进大地深处的老树桩，这几个战士很是不解，也停了手；其余的战士不知好歹，一见这样，一齐上阵，喊着号子，推拉拽搡，但凌五斗像一尊浇铸在地基里的青铜雕像。他们折腾了半天，他凌五斗却像一尊金刚，挺立在那扇窗户跟前。

连长的脸有些惨白。他僵在了那里，欲罢不能，好久才说："妈的，这家伙莫不是……鬼魂附体了……"他说完，剧烈地咳起来，他的嗓子眼被恼怒呛到了。

大家听到近处的风声被风吹远了，然后，远处的风声又被风吹过来，把外墙拍击得"噼啪"直响。那些风顺带把淡蓝色的积雪夯筑得更加牢实。

这里的时间本来就像冰河下面的水，感觉不到流动，现在似乎是完全停止了——整条时间的河流都被封冻了。阳光和风一样坚硬，可以听到"啪啪"的响声。

凌五斗的嘴唇虽然发紫，但饱满而骄傲。他的眼睛微合着，眼睫毛覆盖着微合的眼睑，像覆盖着他内心中的万千秘密。

连长一见，更为恼怒。他大叫道："去把全连的人都给老子叫来，老子就不相信动不了他！"

不到两分钟，连里的人以紧急集合的速度涌了进来，房间里军人的味道更浓了。

指导员也从另外一个房间里踱步过来了。他早已听到了连长的喊叫。但连长要去做的事，他一般是不插手的。

他要做的事，连长也不会去管。他们有时会互看对方出丑。只有当一件事影响到他们两人的利益时，他俩才会联手。这是他们共事以来形成的默契。

指导员看到这个情景，脸上浮出了笑意。他把两手抱在胸前，一只手拍着另一只手的肘部，像在打节拍。看到连长的窘态，他心里很愉快。

连长用突然变得有些沙哑的声音尖叫道："都给老子上！"

战士们得令，都冲了上去，全力拖拉，但凌五斗像是和整座高原焊接在一起了，依然纹丝不动。

这么多人动他不得，指导员也有些惊骇。他半开玩笑地问道："这家伙什么时候练就了这样的绝世神功啊？跟定海神针似的。"

整个房间里弥漫着一种特殊的力量，

大家都望着指导员，希望他有破解之法。

"你们都让开。"

大家闪开了一条通道。

指导员迈着那种世外高人才有的飘然步伐，不慌不忙地来到了凌五斗面前。

黑白猴子又把自己滑稽的猪头从凌五斗的腋窝下钻了出来。

指导员看着凌五斗的眼睛，用充满战友深情的声音呼唤着"五斗同志"，他一直是轻声的，充满真情，当他的眼睛变得潮湿，一颗晶莹的泪水从凌五斗的眼眶里滑落了出来。

凌五斗的嘴唇动了，吐出了两个含混的词，然后，他的声调突然像惊雷一样爆发出来，"……你们要杀它们，还不如杀了我！"

"五斗同志，你放心，我们不会宰掉黑白猴子的，我以指导员的名义向你保证。"

"多谢指导员！"

这时，指导员拉了拉他的手，他站到了一边。黑白猴子一见，有些慌乱，它俩无助地看了一眼屋顶，从窗台上跳下来，想要逃跑。但它们已来不及了。它们刚从窗台上跳下，连长和几个战士就扑了上去。连长抓住了黑猴子，母牛扑住了白猴子。

连长左手倒提着黑猴子，右手从母牛手里接过白猴子，也倒提着，不顾它们凄厉的尖叫，以胜利者的姿态来到凌五斗跟前，心平气静地看了凌五斗两眼，然后猛地把黑猴子砸到砖地上。紧接着，白猴子也被他狠狠地摔到了坚硬的地板上。所有人都听到了黑白猴子最后那声短促、绝望的惨叫，现在，它们没有声音了，它们在地上抽搐着。连长拍了拍手，"给老子拿到炊事班去，把毛烫了，连骨带皮给我剁成饺子馅。"他说完，转身走了。

两只小猪抽搐着小腿，朝上的一只眼睛圆睁着——充满了对这个世界的不理解。

两个战士小心地把它们提起来，拿走了。地上留下了两抹血迹。

凌五斗圆睁着眼睛。他没有动，他感觉自己又动不了了。这次是高原吸走了他身上所有的气力。他脸色发紫，嘴唇发乌，剧烈地颤抖着。他看着指导员，一直看着，直看得指导员心里发毛。

"五斗同志，你知道，它们不过是两头猪，我们养了它们这么久，不长大，不长膘……一点进步也没有……并且……我刚才说，我以指导员的名义向你保证，我不会宰掉黑白猴子，你也看到了，我没有动它们，我连猪毛也没有摸……所以，我信守了自己的承诺……"

凌五斗刚才那颗泪水还挂在脸上，他新的泪水又流了下来。他泪如雨下，但他的身体纹丝不动。他只觉得氧气更加稀薄了。高原的含氧量突然间急剧减少，而这个房间里的氧气则像被抽空了。战士们觉得窒息，从里面跑了出来；指导员觉得呼吸维艰，他要拉着凌五斗一起走，但凌五斗又定住了，动不了他。他只好退出了那个房间。

15

炊事班烧了开水，烫净了黑白猴子的毛，它们的眼睛还圆睁着。大家一边忙碌，一边说，真他妈的太小了，跟两只老鼠差不多。炊事班长亲自操刀，剖腹、取出内脏，大家看到黑白猴子的心肺是鲜红的，显得大而强劲。胃却很小，肠子细若鸡肠。炊事员把肠胃里还温热的食物和粪便清洗干净，问连长是不是拿来小炒。连长没好气地说："小炒个屌啊，连骨带皮、包括肠肠肚肚、心肝肺肾都剁了，包到饺子里去！"

厨房里传来了急促地、用力地剁两头小猪的声音。战士们都挤在炊事班，有人揉面，有人擀皮，有人烧火，一齐忙碌起来。有新鲜肉吃，这个年的滋味似乎也变得新鲜了。

黑白猴子很快变成了一小摊肉馅，再和上从菜窖里捡来的洋葱、白菜帮、土豆、胡萝卜，黑白猴子的影子就更模糊了。最后再把红烧肉、荤炒什锦和酱爆肉丁这三种罐头搅和进去，又剁了无数遍，黑白猴子的踪影就再难看出来了，就连那点新鲜肉的气味也闻不到了。很快，这些东西就裹进了饺子皮里，变成了白白胖胖的总共 1553 个饺子。黑白猴子留在这个世界上的东西就只有它们曾经带给全连官兵的欢笑，从肠肚里挤出的粪便和一小堆黑白相间的猪毛了。

很多人都暂时忘掉了凌五斗。即使刚才看到连长摔死黑白猴子感到很难过的战士，现在也急切地想看到饺子下锅。

指导员害怕凌五斗出事，派母牛不时到门口去望一眼。母牛每次去，都看到他雕像一样站在原来的地方。

"注意把门给他开着，炉子里烧着煤呢，不要煤气中毒了。"每次母牛汇报完，指导员都要嘱咐一遍。

夜幕随着寒冷缓缓降临，风从天堂湾上面吹过，像一群饿狼嗥叫着在天空中奔跑。但这毕竟是新年之夜，包好的饺子给连队带来了新年的欢喜。

饺子下锅后，指导员持着蜡烛，来到凌五斗跟前，他看到他的眼睛大睁着，老半天才转动一下。"凌五斗，过年了，走吧，跟大家乐呵乐呵去。"

凌五斗没有动。

"黑白猴子不就是两头吃了粮食不长膘的猪嘛，你想想，你当初养猪不就是要让我们有肉吃嘛，所以，是猪就是养了来吃肉的，就是要挨宰的，猪的价值也就体现在这里。它们已被你精心养了这么久了，要是一头好猪，早该长肥，被宰，用来改善连队的伙食了。而我们养了它们这么久。你看，它们现在不是也为我们连队的建设做贡献了嘛，它们的价值已经完完全全体现了，你该高兴才是。没有它们，你说我们这个年怎么过？"

凌五斗还是没有动。

"那好吧，你在这里好好想想我刚才说的话吧，我会把饺子给你留下。"

晚宴开始后，指导员说了新年致辞，连长拿出一把56－1式冲锋枪、三个弹夹，说："没有鞭炮，但我们也得有点响动，我来放他妈三梭子！"说完，他走到室外，对着除夕之夜的寒冷天空，一边大叫着"过年了!"一边把三个弹夹打空了。

随即，饺子的香味弥漫开来。虽然饺子馅里有骨头渣子，每吃一口就会硌一下牙，但每个人都吃得很香。吃完后，每个人的跟前都有一小堆黑白猴子的碎骨渣。

然后，为了度过这个难挨的夜晚，连队组织了扑克牌和棋类比赛，大家闹腾到凌晨才昏昏沉沉地摸上床，倒头睡去。

黑夜慢慢退去，光明开始一点一滴地汇聚，然后很快把整个世界填满了。这是大年初一的清晨。冬天的阳光和雪光一起，把宿舍照得雪亮。雪山灰色的阴影再也看不到了。起床的哨音还没有响，大家已从各自不同的梦里醒来，打完哈欠，伸完懒腰，揩掉眼角的眼屎，睁开因火墙的烘烤而变得过于干涩的、布满血丝的眼睛，每个人都惊了一下，然后把眼睛定定地朝向窗户那侧。他们在这个吉祥如意的新年看到的第一个景象就是依然挺立在那里的活雕像——凌五斗。他还站在那里。阳光透过结冰的窗户，打在他右边的脸上。灰尘在光束里欢快地飞翔。

一班战士李国昌猛地弹坐起来，大声问道："班长，你昨天一晚没睡?"

凌五斗没有应答。

李国昌走到他跟前，用手在他鼻子跟前拭了拭。他还在呼吸，不过很缓很轻。他再一看他的脸，发现他的脸变成了蓝色的。他吓了一跳，赶紧去报告连长。

连长睡在隔壁的房间里，那个房间里的人都还没睡醒。那个房间原是连队的会议室，四面墙上挂满了锦旗和奖状，荣誉粘带的血汗味道和战士们身体里散发出来的味道堆积在这个空间里，混合成了一种非常怪异的、令人窒息的兵营味儿。这种味道让李国昌像驴一样甩了甩头，想屏住呼吸。

他叫了两声连长。连长很不情愿地睁开了眼睛，"妈的，这么早有什么鸟事？"

"凌五斗、凌班长出事了！"

连长一听，"腾"地坐了起来，翻身下了床。其他人也都从床上坐了起来。

连长只穿着秋裤，一边趿拉着鞋，一边问："他怎么啦？"

"他昨晚一晚没睡，还站在昨天那个地方……"

"没有死吧？"

"还有气，出的气不多。"

"妈的，大惊小怪。"听到凌五斗并没有死，连长放心了，他又坐到了床上。

"他的脸变成蓝色的了。"李国昌补充说。

"什么？"连长又"腾"地站了起来。

"他的脸变成蓝色的了。"

连长一听，赶紧往隔壁的房间跑。一边跑，一边尖声喊道："把指导员也叫起来！"

连长站在凌五斗面前。指导员随后也站在了他的面前。两人盯着凌五斗，像盯着一个外星人。

凌五斗的脸的确变成了蓝色，那种蓝有些发灰，他们从他的脸上看不出任何东西。他睁着的眼睛已经微合，表情平和，慈悲。他的嘴唇微闭，嘴角带着浅淡的笑意。他的呼吸均匀、轻缓，可以感觉到他的内心异常平静，已没有一丝波澜。

连长一边使劲摇晃他，一边说："妈的，你少跟老子装神弄鬼！"

但凌五斗没有动。他的呼吸和微笑也没有改变。

连长看了一眼指导员，"他妈的，你说我怎么摊上了这么一个屌兵！这家伙肯定是魔鬼附体了，你得快点想个办法，让他醒过来。"

指导员叹了一口气，"这家伙身上的确有些怪东西，我现在也没什么办法。"

"他这个蓝脸……不会有危险吧。哎呀，你看，他的手也是蓝色的！"连长低下头，把他的手拿起来，然后又提起他的裤腿，"他妈的，这脚杆也是蓝色的。"

指导员有些害怕了，"这不会是一种病吧？"

"应该是一种病。他的身体可能是因为病变，才成了这样的颜色。把他的衣服扒了，看看他是不是全身都变成这个颜色了。"

连长叫李国昌动手。这家伙动作麻利，转眼之间，凌五斗上身已经光了。他上身的皮肤的确是蓝色的。

"还脱嘛？"李国昌转过头来问连长。

"全扒光！"

李国昌把凌五斗的裤子扒到了脚踝处。

凌五斗的屁股，生殖器，大腿，膝盖全都是蓝色的。

虽然他已近乎裸体，但他还是没有动。裸体的凌五斗肩宽背厚，胸肌发达，小腹结实，屁股紧凑，两腿修长，阴毛漆黑，虽然阴茎很安静，但看上去却很有力。他健美的身体第一次如此分明地展示在大家面前，很多人不由得发出了赞叹。因为他的脸被太阳晒得很黑，脸上的皮肤也被高原磨砺得很粗糙，所以那种蓝色还不是很分明。但他身上的皮肤因为要白净细腻许多，那种蓝色就更深了，已接近深蓝，好像是被蓝天渲染过。在稍远处看，他好像是一尊刚出土、洗净了泥土的青铜雕像，近看则像藏传佛教寺庙里彩绘的大黑天神。

全连的人都聚集在了这个房间里，但没有一点声响，大家都惊呆了。

"妈的，快叫陈德全来！"连长尖叫道。

陈德全是军医，他在大雪封山前就得了甲亢，紧张、失眠、幻觉、躁狂、阳痿、饥饿常常折磨着他，他肿大的甲状腺一吞咽时就上下移动。他的眼睛早已突起，上视不皱额，下视睑迟落。连队没有治疗甲亢的药，他治疗自己疾病的唯一办法就是试图保持心情平静，防止劳累。所以，他很多时候都是端坐房间一角，一副与世无争的世外高人模样。

他用不高不低的声音答了一声："到。"然后近乎无声地来到了连长跟前。

"凌五斗都成这个样子了，你还像土地神一样坐在那里。"军医也是病人，兵龄比连长还要长，连长只能抱怨两句，不好过于严厉地批评他，"你来看看这家伙会不会有什么危险。"

"大雪封着呢，有危险又有什么用？"他轻言细语地说，但看到凌五斗的样子，他平静的心情再也难以保持了。他的眼睛似乎又往外突了一些，甲状腺移动得更快了。他紧张起来，他突然大声说："唵，怎么会……怎么会变成这样？"

大家听他这么说，更加紧张了。指导员问道："不会有事吧？"

"我来检查一下再说。"

他去拿来了听诊器、血压仪，在凌五斗身上摆弄了一番，又把了脉，掰开眼睛，观察了瞳孔，又撬开嘴巴，看了看舌苔。然后有些兴奋地说："没问题！健康极了！"

指导员心里还是没底，他对陈德全说："你再看看。"

"凭我的诊断，他的确没问题。虽然心跳缓慢了一些，但没有什么事。只是他这个皮肤为什么会突然发蓝，这是否是一种少有的病变，我以前从未听说过，我建议最好给团里报告一下。"

军医说完，提起药箱回到了自己的床铺跟前坐好——他要努力把弄激动，紧张了的心情平复下去。

16

指导员把拟写电文的任务交给了文书温文革。文书是连队唯一的高中生，也是连队最有文采的人，他也喜欢卖弄文采，咬个文，嚼个字。他知道这个电文不好写，所以字斟句酌，格外小心。因为他怕上级从电文中看出指导员和连长对凌五斗在管理手法上的不当——他自己也这么认为。他费了半天劲，想得脑袋都空了，终于把给团里的电报拟好了——

我连一班班长凌五斗同志之身体在一周前偶感不适，自前日始，即进入浅睡状态，至今未醒，即使站立，亦能入睡；其厌倦水及食物，已一日一夜水米未进，今晨又发现其皮肤变为蓝色，色若高原夏日湖水。对其病症，连队极为重视，军医对其身体进行了详查，结果令人讶异，其呼吸均匀，五官无恙，心肺功能正常。其嗜睡之症可能由于疲劳或缺氧所致，但皮肤变蓝，闻所未闻，连队无力医治，故报告上级，望能及时组织有关专家对凌五斗之病症予以会诊，并告知结果及医治方法。

温文革把电报读了两遍，很是满意，拿去让指导员过目。

"又给我文吊吊的，给我把这个半文半百的话都弄成白话！另外，你说他'一日一夜水米未进'，那就是说，他除夕夜都没吃东西，这个就不要说了；还有那'讶异'，读着不是让人讶异，是让人感到牙痛，把这个词给我换掉！"指导员指出这些问题，得意地戳了戳那张电文纸，对文书进行了进一步打击，"你看这么短个电报，就有这么大两个漏洞，我跟你讲了多少遍了，这是电文，不是你的作文，写的时候一定要缜密！"

温文革连连说是。改好后，交给了指导员，指导员点点头，把电报交给机要参谋发走。

大年初一这天刚好是政委值班，一看是凌五斗得了如此怪病，想起他是团里将要推出的先进典型，非常重视，马上把卫生队队长和几名老军医叫到办公室，问他们这是什么怪病，几人一看电报中报告的症状，都说没有见过。

一个军医严肃地说："战士在高海拔地区待得太久了，心理会出现问题，会做出一些反常行为，建议连队落实一下，看这个兵是不是用蓝墨水把自己染蓝的。"

政委一听，就说，"扯淡，天堂湾哪有这么多蓝墨水！"

另一个军医说："农村里有一种土布，是用织布机纺织的，染布用的是靛蓝草叶加石灰泡制而成的染料，这种布如果浸染得不好，穿在身上就会脱色，皮肤就可能被染成靛蓝色，可以看看他是不是穿过这种衣服。"

"这种可能倒是有的。"政委说着，给机要股打了一个电话，要天堂湾边防连调查凌五斗是不是穿过从老家带来的靛蓝色土布衣服。

连队收到这份电报，赶紧把凌五斗的东西清点了一番。这种衣服他自然是没有。但连长还不放心，又把全连战士集合起来，问谁是不是从老家带来过这样的衣服。大家都说没有。连队便立马回了电报。机要股收到回电后，立马送到了政委的办公室。

已当兵二十三年的卫生队队长，在世界屋脊干过很多年。他提出了一种新的假设。他说："政委，我在高原当兵的时候，听当地的老乡说，他们见过在喜马拉雅山上修行的蓝皮肤的喇嘛。当时是当作传说的，没有在意。我刚才一直在想，是不是在高海拔地区待久了的人，因为一种特殊的原因，皮肤就会变蓝。"

"不可能吧……"对这个问题，政委心里也没底，"看来，我们只有把这个电报转给防区，请他们协调陆军医院会诊了。"

陆军第十九医院接到防区的电报，马上找到了与高原病打过交道的专家会诊。大家都觉得凌五斗的病有些特殊。

而对于皮肤变蓝，老医生李江州一听就很兴奋。他说："好啊，终于发现了一例！"

李江州在国民党部队就是军医。他也听说过西藏的喇嘛在雪山上修行久了，皮肤就会变蓝。他曾经想过这个问题。一些人认为这是他们修行后道行的表现，因为藏传佛教里很多护法神的皮肤就是蓝色的。而李江州认为，在高原生活久了，由于缺氧，血红蛋白的成分会变异，变异后的血红蛋白使血液呈蓝色，从而致使皮肤也呈蓝色。他最后得出结论："凌五斗的病是缺氧引起的高原病，如不及时输氧，会有生命危险。"

但天堂湾的氧气早已用完了。政委听到这个消息，长叹了一声，"那就只有听天由命了。"

17

虽然指导员知道凌五斗是个创造奇迹的人，但他还是担心他真有生命危险。虽然他如果死了，肯定属于病死，上级不会追究连队的责任，但在新年大节里死一个人，总是不好玩的。而更主要的是，来年他要为连队创造荣誉。他能成为先进典型，肯定是他指导员培养的结果，是他的政治思想工作显现了无比的威力。"但假如他死了呢？"一想到这个问题，他就有些害怕。他不敢大意，让军医一直守护在凌五斗跟前。

银白发亮的雪山如同大海的波涛，一望无际，连队就好像置身于白色的、定格了的惊涛骇浪之间。没有了黑白猴子，时光变得更加沉重、干涩，每个人都觉得被这个世界抛弃了，他们甚至觉得人类已经迁移到了别的星球，把他们遗忘在了这大荒之地。无处不在的孤独咀嚼起来，有一股朽木头的味道。战士们非常怀念黑白猴子带给他们的欢乐，但这两个可爱的生命已经从这个世界上彻底消失了。

　　唯一可供观赏的，也就是凌五斗这尊蓝色雕像了。大家过一会儿来看看，过一会儿再来看看，看看他身上的蓝色是不是变浅了，看看他的呼吸是不是加快了。但这样来回看上几回，也就没了兴致。大家还是觉得黑白猴子好玩。

　　凌五斗似乎什么也感觉不到，他似乎置身于这个小小的尘世之外。这让大家有些嫉妒。军医陈德全最为恼火，因为他在凌五斗身边内心一直难以平静。他突然跳起来，把自己的小马扎踢开，来到凌五斗跟前，大声吼叫道："凌五斗，你他妈的不要装了！"

　　陈德全长得一张马脸，他吼叫的时候也像马在嘶鸣。但凌五斗还是微笑着，他的微笑像伽马射线，似乎可以照透军医的五脏六腑。

　　大家需要凌五斗尽快醒来。在这样的孤独的世界上，众人皆醒他独睡，每个人都觉得不公平。大家指望文书和通讯员能想出办法来。文书的文采，按他自己的说法，在世界屋脊也是数一数二的；而通讯员一直是连首长身边的人，耳濡目染，潜移默化，早已有了连首长的气派。因为他俩都是连首长身边的人，两人平时自以为是，互不搭理，说话都是彼此攻击，含沙射影，指桑骂槐，通讯员说文书不过是个"刀笔吏"，只会替指导员捉弄两个酸腐文字；文书说通讯员不过是个跑腿的，也可以叫作狗腿子，所以只能是个副班级。但现在，他俩众望所归，又觉得该团结一致，共同维护连机关的形象和权威了。

两人怕人打扰，来到马厩，苦想办法，他们在马厩里转了几十个圈。突然，文书拍了拍手，"我有办法了！"

"有办法就说。"

"凌五斗这个样子，是因为连长把黑白猴子活活摔死了，如果他突然听到了黑白猴子的哼哼声，一个激灵，说不定就醒过来了。"

"可黑白猴子已经死了。"

"但你还活着啊！"

"你骂谁啊？"

"你不要急，我是说你有高超的口技表演才能，口技，那可是传统艺术啊，你也算得上是我天堂湾边防连的口技表演艺术家了。你学黑白猴子的哼哼声，肯定能像。"

母牛仔细咀嚼着文书的话，他怕文书话里有话，把他骂了，他还乐呵。他已经上过很多次文书的当了。所以他觉得文化人话里藏刀，格外阴险，文书说的每句话他都格外小心，要动用全部的智慧、体力、心力和学识逐字逐句进行审查。他琢磨了一阵，没有琢磨透；但感觉是以肯定他的口技才能为主，就说："我的口技表演才能，就是在防区也是没人能比的。"

"那是那是。"

"那我就试叫几声吧。"母牛说完，先学者试叫了两声。他自己觉得很像，颇为自豪，转过头来得意地看看文书，看似是要征询意见，实则是在炫耀才能。

"很好，真是青出于蓝而胜于蓝啊，如果只听声音，简直像是黑白猴子再世，但黑白猴子很多时候是齐声哼叫的，你再学学。"

母牛把文书的话又揣摩了一番，很受鼓舞，便把黑白猴子在奔跑、散步、爬高、被追、被抓等各种情形下哼叫的声音系统地模仿了一遍。文书再次给予了肯定，叫他练习了几遍，便决定一试。

于是，奇迹般地，黑白猴子复活了，它们的哼叫声再次响起。

那声音先是在门外，是拱雪而行的声音，然后到了连部门口，可以感觉它们和平时一样，一边哼叫，一边东张西望，最后来到了走廊……

听到黑白猴子的声音，全连的人都以为自己在做梦，都觉得时光倒转了，大家都屏住了呼吸。

然后，母牛的哼叫声向凌五斗所在的房间靠近。可以感觉黑白猴子的声音先是触着地的，不时抬一下头——声音也随之抬起。有人从门内伸出了头，文书示意他们不要出声。母牛快靠近房间门口时，像黑白猴子在世时一样，叫声充满了喜悦，声音也随之抬高了……

18

当黑白猴子被连长摔在地上的响声一发出来，凌五斗内心里喷涌而出的悲痛在一瞬间就化成了眼前的黑暗。那段黑暗是如此黑，即使阳光普照，要把那段黑洗掉，也要好长时间。

但黑暗在慢慢化去，就像墨汁里流进了越来越多的清水。凌五斗觉得窒息，有很长时间他很难呼吸。空气似乎异常稀薄，他必须调节自己呼吸的频率。每呼进一口空气他都会吸入丹田，细细消化，然后再缓慢地呼出。他的身体慢慢地变得薄而透明。为了维持自己的生命，他不得不放下人世间负载到他身上的一切。当他放下，他被一团温暖的光明笼罩着。他的灵魂在美妙的音乐中飞翔，而他的身体长出了无数的根须，深深地扎进了高原冰冻的泥土和岩石里，一直往下扎，一直扎到了海平面以下。

他觉得自己在生长，挣脱了连队这间四方形的房子，挣脱了天堂湾边防连，挣脱了雪山，挣脱了坚不可摧的防区，挣脱了世界屋脊，挣脱了中国，挣脱了亚洲，挣脱了这个小小寰球……他还在生长，无限地生长，大如须弥山一般，最后挣脱了宇宙。

他看到了黑白猴子，他看到它们的时候，黑猴子身后已长出了一对白色的翅膀，白猴子背后已长出了一对黑色的翅膀，它们还像在天堂湾时那么快乐。他这才知道，它们已变成了一对猪天使，它们想带他看看美好无比的猪天堂。刚到天堂门口，母牛的叫声把他唤醒了，他突然产生了一种错觉，觉得黑白猴子在外面野够了，终于回到了连队。这个想法一产生，他就觉得自己脚下的根系一下消失了，大如须弥山一般的自己也猛地缩小了，他从九重天外一直坠落，"吧唧"一声掉到了连队简陋的房间里。他看到他的战友都围着他，惊讶地张着嘴巴，好像看到一尊兵马俑变成一个活了的秦朝武士。他甩了甩自己的脑袋，觉得屋子里的光线太晃眼了。

2012 年 9 月 26 日写于乌鲁木齐北门

乐坝村杀人案

一点说明

　　刘长腿被自己家里人当野鬼打死的事一直是几水乡的奇闻，这么多年过去了，还在流传。我去年回乐坝村时，人们提起这件事，还津津乐道。

　　之所以如此，是因为刘长腿被杀死的方式前所未闻。

　　那是1956年仲夏，我受宣传部门的指派，受命写一部名叫《巴山巨变》的长篇小说，因为刘长腿是贫苦农民翻身做主的典型，他们要求我必须以刘长腿这个原型来塑造小说的主人公，我便来到几水乡乐坝村体验生活。没想去那里才三天，我小说的原型就被鬼打死了。事发后，几水两岸鬼影幢幢，人心惶惶。我想搞清楚事情的真相，在听他们谈鬼说魅之余，先后采访了一些人。当年也想把这个故事写出来，但在只能写社会主义现实主义作品的时代，写这种鬼故事显然是不合时宜的，所以数次提笔，都以撕碎稿纸作罢，最后只留下了一份采访笔记和小说开头。时光如白驹过隙，转眼黄土已快把我的嘴巴埋住，前些日子偶尔把这些旧物从箱底翻出，予以整理，公之于众，以供诸君饭后闲谈。

我的小说开头

杀人案发生在那年农历三月十七日凌晨——后来公安人员核对的时间是一时二十分左右。那是一个美好的仲夏之夜，月不黑，风不高，夜空碧蓝，群星璀璨，一轮秀美的弯月挂在天上，投下朦胧月色，夜空里浮动着勃勃万物的暗香。不时传来一声猫头鹰的啼叫，虫鸣声像水一样一阵阵漫起。人们早已进入梦乡，就连偶尔一声狗叫也带着梦呓的味道……

那一切都表明，那是一个祥和安静的夜晚。谁也不会想到这样的夜晚会与一桩精心策划的凶杀案有关。

就在人们沉浸在梦乡中的时候，一只狗发出了毫不含糊的吠叫，其他狗也相继惊醒过来，山乡里顿时吠声一片。有些醒来的人嘟哝了一声，翻过身去，想要再睡，突然又听到了"砰"的一声锐响。但人们还是没有在意，因为那时候，常有人把雷管放进骨头里，做成炸子，放在路边，哪条嘴馋的狗一旦贪吃骨头，一咬，就会脑袋开花，成为铁罐里的炖狗肉。

大家又睡着了。过了半袋烟时间，狗叫声更紧，其他生灵的喧哗被犬吠淹没。那轮残月变得更加晶莹，好像是透明的。就在这时，突然从村头的刘长腿家传来一阵吵闹，然后是一片凄厉的哭号，紧接着就听见一个女人惊恐地哭叫起来："天啦，怎么是你个砍脑壳的呀，你这是在要什么宝啊！"然后是一个男人嘶哑地大喊："杀人啦——，杀人啦——"他的声音撞到对河观音岩植物繁茂的岩壁上，又弹回来，被村后山神庙周围的林莽吸纳，正要吞咽，觉得味道不祥，又"噗"地吐出，余音在乐坝村上空回荡了好久。

宁静的夜晚顿时被搅成了一锅粥，人们纷纷从床上爬起来，朝村支书刘长腿家跑去……

村长刘绍元说

你看，这土地庙里石头雕的土地老爷就是刘长腿同志砸的，现在只有脑壳是完好的了，一双眼睛还笑眯眯地看着我们呢。这个土地老爷据说解放前很灵验，解放后信他的人越来越少了。刘长腿说自己是唯物主义者，很少有人知道那是啥意思，他说就是不信鬼神不信佛祖，那信啥呢？信新政权信毛主席。他来拆了庙，砸了土地爷，拿走了铜香炉，说是要用铜香炉给自己和岳父打一杆气派的全铜烟锅。那烟锅在他死后第二天打好了，足有四尺长，两斤重，平时能抽烟、上坡下坎能作拐杖用，走村串户还能当打狗棍。他岳父给自己留下了一杆，另一杆陪葬了。有人说，他埋在了黄土里，土地老爷肯定要找他算账的，问他为什么把他砸得那么狠。果然，埋进土里第三天，他的坟就被刨开了，柏木棺材被撬开，那杆铜烟锅被人拿走，尸体抛在外面，野狗把他一双手吃掉了，乌鸦则啄食了他的眼睛，气得他岳母和媳妇坐在坟头，轮换着、扯着嗓子骂了三天。

我和刘长腿同志是搭档，但要从辈分上讲，他应该叫我一声三叔的。他以前一直叫我三叔，但当了支书后，就叫我老刘了。这个人，嗯，那个怎么说呢？有人怀疑是我和他争权夺利杀了他，简直是胡扯！他把权力揽走，我落得清闲。要问谁杀了他，我看谁都有可能杀他！但您知道，他不是别人杀的，是他家人杀的，按人民群众的说法，是鬼借他家人的手杀了他。

他说自己是真正的、百分之百的、纯粹的贫下中农，是劳苦大众中最劳苦的一员；说自己的根正得像竹子一样，苗红得跟写春联的红纸差不多。但在乐坝，谁都晓得，他是陈文禄老夫子——哦哦，不，陈老夫子是老叫法，叫了几十年，都改不过来了——是陈文禄老地主的义子，解放前是把陈文禄叫爹的。说句良心话，陈文禄对他真的不错，还让他到白茅坪去读过私塾，他能读会写的本事，都是那时学的。当然，他人已经死了，我不想说他的不是。但他做的事情的确太不像人做下的了。我如果不是跟他搭档，我都恨不得离他远点。能离他多远就多远。但我不是解放前的乡长吴云泽，有钱，想到哪里修房子住都可以，甚至能到县城修一座府第。我劳苦半辈子，到解放时一间房也没有。就是解放后，我剩下的半辈子，能自己修三间土墙房就不错了。我现在住的跟刘长腿同志一样，都是陈文禄家的。不过他在前院我在后院。刚解放的时候，政府分地主的房有个原则，谁解放前最穷，就分给最好的房。刘长腿不算最穷的，所以给他分了三间偏厦。

他是个很霸道的人，当了支书后，就跟住正房的周有礼说，你让我堂堂村支书住偏厦不合适吧。周有礼老实得屁都不敢放一个，就跟他换了。他住进正房不久，就在四合院里修了围墙，把天井都围成了自己的。他的正房后面就是我的两间偏厦，可气的是，他在后墙根下修了他家的猪圈和牛圈，这猪粪牛粪不就正对了我家门么？把人熏得出不了气。你说，我还是和他一起跟新政府做事的，还是他长辈，他都这样，是不是欺人太甚！你说要是人，哪有这样做事的？哎，我那个婆娘——他该喊婶的，气得在他面前吊喉抹颈的，他却说，你上吊，你抹喉，你还可以去跳水、去跳崖、去喝药！我婆娘气得呀，把牙都咬碎了，在床上躺了半个月才起来。我们就晓得这个人我们惹不起了。惹不起，躲得起，忍吧！他做的好多事我说不出口，我是给政府做事的人，也不好说，但人民群众会告诉你。

你说我也是村长，是啊，我们官职的级别一样，但他是支书兼民兵连长，是村里党的一把手，又掌管武装，我就啥也不是了。说白了，我就是个毬配角。

　　他被鬼打死那天晚上，我白天到乡上去办事，在街上喝了一点酒，当时还没怎么醉醒，有些迷迷糊糊的。我是被砸门声弄醒的。我听了一下，是谁在砸他家的门，狗也叫起来，因为是晚上，声音很分明。我还在想，谁吃了豹子胆了，敢这样砸他家的门？然后听到他们家的人在问，然后听见门"哐"的一声打开了，接着就响起了"噗噗噗"砸什么东西的声音。开头听到动静那么大，还以为他又和他婆娘干仗了——他们在半夜里老干仗，那是村里谁都晓得的事。但那声音太响了，像在使劲砸棉包。我以为是他在打他婆娘，就说这个狗日的，下这重的手，是要杀人啊。一直"噗噗噗"地砸，我就觉得不对劲了，我要爬起来，婆娘扯住了我，问我要干啥去？我说我去看看。婆娘说，牛打死马马打死牛关你屁事，我们天天闻着他家的猪粪牛粪活命，你还嫌他欺你不够！就是在解放前，吴云泽那么恶的人，也没有做过这样缺德的事。我想，那是人家家里的事，我就是去了也不好管，就又躺下了，直到听见有人喊杀人了，才觉得真不对劲了。难道有人敢杀村支书？我又想爬起来。婆娘又扯住了我，杀了好，刚好是为民除害了。我是村长呢，我得去看看。我翻身爬起，提上裤子，没有管婆娘的咒骂，披了衣服就往他家跑。

　　好像是要让大家看到那种惨烈的场景，刘家的大门前已点起了竹篾火把，把四周照得雪亮。但四邻没有一个人到场。

眼前一片狼藉，现场完好，打死人的扁担、锄把、抬杠胡乱地扔在地上，上面的血迹还是新鲜的，血像蚂蟥一样在地上爬动。有些血在火把映照下，像火苗一样跳跃着。地上倒着一个人，那对已被打折的长腿让人一看就知道他是谁。

但刘长腿同志的装束非常怪异：他没有穿裤子，那天晚上没有下雨，却披着一件蓑衣，两条手臂平伸着，与一根扁担绑在一起，身体呈十字形，看上去像绑在十字架上的那个什么酥。对，耶稣。——解放前我们这里有个耶稣庙，对，也有人叫教堂，但我们把它叫耶稣庙，是一个外国人在这里修的，解放后就没有他的影子了。那个庙被我们拆了，十字架被我们烤了火，石头和砖瓦修了我们大队的养猪场。他跟当年耶稣像倒在地上的样子差不多。他头上戴着一顶破烂的草帽，仰面躺着，因为脖子被打断了，他的后脑勺朝到了上面。他舅子小心地翻过他的头，发现他混了血迹的脸上涂着锅灰，已和血混在一起，像唱大戏时画的那个五花脸；嘴里则塞着他自己的裤衩，裤衩是白棉布的，已被血染红了，谁也不晓得他为什么要弄这么个扮相。

刘长腿同志的父母1933年饿死了，就留下了他这根独苗。他当村里的一把手后，老丈人一家跟他住在一起。他的婆娘哭天抢地的，大声悲号，哭得撕心裂肺，满脸都是鼻涕眼泪；他的丈母娘则怄得晕过去了，被扶到里面的床上躺着；他的老丈人已处于半疯傻状态，不停地说，撞到鬼了，撞到鬼了……他的还不满周岁的女儿也哇哇哭着。其他人也是哭哭哀哀的，飞来的横祸让这个解放后在几水乡乐坝村最有权势的家庭一下陷入到了巨大的悲痛之中。

我到场后，四邻也来看热闹了。我一边让大家退开，以保护现场，一边安排刘长腿的小舅子赶紧到乡上去报案。

报案？他婆娘一下停住了哭号，人是我们打死的，何况他还是个国家干部，咋报？你这一报案，我们家除了这个娃，都打他了，不都得坐牢去！

这个案肯定要报！谁打死的，谁就得负责！刘长腿已经死了，我现在就是乐坝村唯一的一把手，说话也有了底气。

他岳父说，村长啊，我们以为是鬼，哪晓得是他？我们是误杀了自家人。

这更应该报案啊，不然怎么能说清楚？

那我们不报，谁愿报谁就报去。他婆娘开始耍横。

到这里看热闹的人越来越多，有几个值班民兵听到动静，也背着枪跑来了。他们本来是来向刘长腿同志领命的，不想连长已瘫在了地上。

我劝了刘长腿他岳父母和他老婆半天，劝得嘴里都吐白沫了，但他们还是寻死觅活，哭天抢地的。实在没有办法，我也就撒手不管了。

我叫两个民兵到乡上报案，他们不敢去，说是怕鬼。我就让三个人背上枪，打上能避邪的柏皮火把一起去。然后安排两个民兵看守现场，我带着其他民兵把村里巡逻一遍。

说句实在话，我虽然恨刘长腿，但他那样惨死，心里还是有些恓惶。全村都没有什么异常。只发现有一只狗咬了放在骨头里的雷管，被炸得狗头模糊，但还没断命，身子还在抽搐。

我对那些没有到现场去的人说刘长腿书记被鬼打死了，一些人只问，是么？另一些人则说，不可能吧？还有些人仅"哦"了一声。您知道乡下难得出个大事情，但他们没有多问一句，就转身回自己屋里，继续睡觉去了，搞得我心里还挺失落的。

我很注意阶级敌人，特意到陈文禄的老婆、地主婆柳湘月家去看了。柳湘月瘫痪在床，女儿陈婉然却不在家。一问，才晓得陈婉然去陈文元的药铺抓药去了，晚上不敢回家，就住在了陈家。我巡查到陈文元家，还批评了陈婉然，说她把瘫痪的母亲一个人扔在家里。

我叫两个民兵把那死狗的现场也护住了。两个民兵嘀咕了半天，说叫我们俩大老爷们背着枪看一条死狗？我说，这条狗说不定就是破案的线索，两个时辰后就派人来换你们。我看他们其实是有些害怕。我说，你们有枪，还怕什么？一个民兵说，这破枪难道还能把那玩意打死？另一个说，你可不能叫我们白白地担惊受怕。我说我不会让你们白干的，今晚执行任务的人，每人补助三斤谷子。他们一听，就不吭声了。

农村有句俗话，久走夜路要碰到鬼。我解放前贩牛，解放后当村干部，赶夜路的时候非常多，但我还没有碰到过鬼。以前就是穿乱葬岗、过万人坑，鬼火乱冒，我一个人走也不怕的。但那天晚上，离开那两个民兵后，我老觉得两腿发软，脊背发凉，回到家里，竟冒了一头冷汗。

农妇林桂花（化名）说

嘻嘻，你们作家还问这种问题？这都是我们农村女人背后说人闲话时间的。难不成作家写作还写这种东西？你既然想知道，我也不妨告诉你，就当是我和一个女人在说闲话吧。但我有一个条件，你写东西的时候不能说是我说的。

你问刘长腿跟我是什么关系？你说呢？男女之间，还会有什么关系？他喜欢我？屁！种猪会喜欢哪头母猪么？他就是好那一口。听说乐坝村稍微中看点的女人他都没有放过。他在我床上的时候，我问过他，他不回答，只是每当我问那个问题的时候，他就更威猛。我当面就说他前世可能是畜生变的。他说他就是。他在乐坝一手遮天，哪个敢不服他？人总得要活，并且一辈子都得在这个巴掌大的地方活，也可能一辈子都得在他的巴掌下活。在这里要活，就不敢不听他的。在要脸和要命上，命比脸值钱，所以很多人还是愿意要命。在过去，你成了贞妇烈女，还立个牌坊。新社会不讲这个，那就先活着再说吧。

当然也有不听他的。林二吉的老婆陈婉然、田家富的媳妇伍惠芬、鲜学金的婆娘芮东丽……但哪个不被他打压？刘长腿这个人有个好处，那就是他跟谁的婆娘好了，他肯定会多多少少给些好处。所以说，他搞过谁，谁跟他有了一腿，就是瞎子一眼也能看出来。

他对陈婉然最上心，但过去，人家是他干爹的千金；新社会，人家是军属，他虽然老想往陈婉然跟前凑，但还不敢去吃那块天鹅肉。但他不是没有想办法，他造假说林二吉在朝鲜牺牲了，就是想打陈婉然的主意。所以，他如果不被鬼打死，那陈婉然肯定也逃不脱。

有人背后说我跟他感情最深，最舍不得他死，因此就有人说我想独占他，可又吃不了独食，所以干脆把他杀了。去他妈的！真是啥话都能说得出来！

你问我多久跟他开始的？你这个问法就不对，应该问他多久强霸我的。我记得那是他刚当支书不久的一天中午，我在凉水湾的麦田里扯草，突然有人从身后抱住了我。我吓得魂都没了，他把我摔倒在麦田里。我看到是他。他还背着一杆枪，腰里挂着两只野鸡。他笑着说，是老子呢，看把你吓得。我说你要干什么？他说，在你这里弄点野味尝尝。他说着，把枪扔到一边，把野鸡也扔到枪那儿，就开始脱自己的裤子。我爬起来，他又把我摔倒了，我说你怎么这么不要脸？他说我要脸干什么？我大声喊起来。他给了我一个耳光，我嘴里出血了。他把我扑倒，我的脸朝着地，他把我的双手用我的裤腰带反绑起来，给我嘴里塞了一把麦草，扒了我的裤子，从后面把我强霸了。

他穿上裤子，坐在我身边，用脚把我推翻过来，让我仰躺着。我看见云很白，天很蓝，太阳挂在天中间，刺得我睁不开眼。我嘴里塞着草，但我一直在骂他，只是骂的话含糊不清。他卷了一锅烟，抽了，又过来，把我的上衣解开了，说，你个臭婆娘味道还不错，刚才吃得急，没品出味儿，现在我要慢慢尝一尝。他强霸女人还那样。为啥？因为他认为乐坝就是他的天下。

事后，他让我到村办养猪场去喂猪，当时是给钱的，七块钱一个月。喂猪的红苕洋芋麦麸米糠油菜渣还可以偷偷拿一些回家去。当然还有别的好处——我这里只跟你说，我家有两头猪喂到四十多斤重了，不晓得是得了瘟病还是咋的，死掉了。我半夜把养猪场两头差不多大小的猪用酒糟弄醉，然后用两头死猪换了出来。

但我在那里只干了两个月零十天，就又来了一个女人。那个女人一看也是被他干过了。后来，反正一两个月养猪场就会增添人。最多的时候，有九个，村民就有意见了，说总共五十六头猪，却去了这么多女人养。他还是挺尊重民意的，让我们轮换，跟他关系保持得久的，就在那里干得久。他后来没了兴趣的，干一两个月就换出去了。能在那里工作的女人都是长得比较周正的。

他粘我的时间比较久，每个月总要找我一两次，田间地头、沟边林间，随便什么地方……总之，他对我还不错，有什么轻松实惠的事情，都会安排我去做。最主要的是，他把我男人家的成分由中农改成了贫农。但我男人不领情，经常跟我吵架，每次吵架，他都打我。后来刘长腿叫了两个民兵，把我男人一索子捆走了，在大队部关了三天，我去求情，才把他放出来。回来后，我男人再也不敢打我了。好多女人的老公都被他这样收拾过。

他被自己婆娘一家人打死的前一天晚上，的确在我那里。我男人被他支去修水库了。那是个不错的差事，每天补贴一斤白米五斤粗粮。

他搞了一只大红公鸡来。他晓得我好吃，所以每次来我家，总会带些吃的东西。我问他那只大红公鸡是从哪里搞来的，他说这不用你管，你放心地炖了吃就是。

说来可能没有人相信，他枪毙过人，却不敢杀鸡。我和他做了那事，把鸡杀了，烫了毛，用谷草把鸡燎过，洗净，剁成块，炒了，然后放入橘子皮、蒜瓣、八角、花椒叶、辣椒，焖了一会，加水，然后用小火慢慢炖着。

他在灶门前爨火。爨着爨着火，他又想那个，我们就在灶门前又那个了一次。然后我们说着话，无非是把村里张家长李家短的事儿再翻弄出来叨咕一遍。他说他最近眼皮老跳。

解放那年欢迎解放，我公婆跑到县城去看热闹，鞭炮把耳朵震聋了。反正，她耳朵听不见了，她说从早到晚耳朵里全是鞭炮响，其他的声音都听不见。有一次，她从田间回来，撞到我和刘长腿在床上。她本想过来撕我脸、叫骂我的，但一看是支书，就不吭气了，但当即吐了血，往外走的时候，一头栽倒。没想那一下，竟摔断了她的脊椎骨，瘫在床上，再也起不来。她在隔壁的房间里躺着，闻到鸡肉的香味，她的病情似乎加重了，她一边大声呻吟着，一边骂我娼妇。我假装没有听见。鸡肉炖好后，我先给她端了一碗进去。我把鸡肉递给她的时候，她还在骂我。我就把鸡肉夺过来，说，你才是娼妇呢，是个狗都不日的老娼妇，这东西我还不如喂狗呢！她一见我那样，总算闭嘴了，可怜分分地咽着口水。我心软，把鸡肉又递给了她。

我拿出包谷酒，给刘长腿倒了一碗，给自己也倒了半碗，陪他一边喝酒，一边吃肉。我们把一斤酒喝完了，把鸡肉也全吃了。你晓得，在那个年代，要是平时，哪舍得那样吃肉？我们两个人把一只大公鸡吃完了，想想真是造孽啊！肚子吃得真有些饱。想起肚子里装的都是鸡肉和酒，就有一种从未有过的满足感。想起这都是刘长腿带给我的，心里的确有些感激。那个时候，突然觉得为他做什么都是值得的。

他有点醉，我也晕乎乎的。他把我一把抱起，扔在了床上，把我扒光。我不停地骂他牲口，他骂我臭婆娘臭娼妇，我越骂他越来劲，我也啥都不顾了。那一次的时间很久。我们都流了几身大汗。然后，他瘫在那里，喘着气说，老子这次可是死了好几回。我仰躺着，望着满是蛛网和扬尘的黑黢黢的屋顶，咧嘴笑了。我满肚子的鸡肉都没了，就跟没吃一样。我说，我饿。他说，等两天我弄一只更大更肥的公鸡来。

除了跟他，我从没有那样过。跟我男人也做那事，但完全不一样。怎么说呢，跟我男人就像喝稀饭，跟他就像吃炖鸡肉。

他说他要走了。我说你也该走了。然后我听到猫头鹰叫了一阵。他突然想起了这段时间闹鬼的事。他说老子还真有些怕，今晚不想走了。我说你不想走就不走，只要你婆娘不来找你就行。他说她敢！没想第二天晚上他就成了死人，想想都瘆得慌。

要说想杀他的人，在乐坝应该很多。开始也有人怀疑是我男人想杀他，把他装扮成那个样子的。我男人也说过他有一天会杀了他。但我知道他没有那个本事。公安人员去修水库的工地调查过，知道他那天没离开工地半步。

话说回来，刘长腿也是罪有应得吧，按过去的说法，算是现世报了。这个人的确恶啊，就是死了还差点变成了罗刹，把我家的鸡吃掉了两只。虽然叫温端公降服了，但就是大白天，也很少有人敢从他坟前过，生怕他突然从坟里钻出来，把你拉进去。所以村里过上一段时间，就要往他坟上泼一次狗血，以便镇住他，到现在还这样……

哎呀，我能说的就这些了。我前面说了，你如果要写，一定不要写我的真名字，当然，如果我以后死球了，也就无所谓了。

军属陈婉然说

我是地主陈文禄的女儿，刘长腿说我没有资格跟贫下中农住在一起，把我和妈赶到这里来住了。这方圆一里没有人户，只有几座孤坟。这是刘长腿给我指定的地方。我家的房子分给穷人后，我和妈在这里搭了两间茅草屋，开始了我们在新社会的新生活。我们母女相依为命，倒是清静。

刘长腿的父母和林二吉的家人都是1933年川北大旱时饿死的，那年他们都才三岁。我爸收养了他们，他们都把我父母叫爹妈。我父母就我一个女儿，所以将他们视同己出。

我爸这个人怎么样，不用说乐坝村，就是几水也是有公论的，我就不多说了。新政府成立前，没有人说过他的不是，没有一个人不敬重他。我自小就为此感到自豪。但第一个站出来说我爸是恶霸地主的竟是刘长腿。他哭诉了他在我家遭受的苦难。甚至说他父母之所以饿死，也是因为我爸的剥削。但谁都知道，我爸那年把家里的粮食都拿出来救济人了。台下的人听他那么说，都非常吃惊。但人是非常奇怪的，除了林二吉，没有人敢再为我爸说一句好话。

刘长腿别的事，我都不想说，只说一下他杀我爸，也就是他养父的事情吧。

我爸被绑到几水场枪毙那天，本来要开一个群众大会的，但那天太阳出来不久，就被从北边来的黑云罩住了。那云比墨汁还要黑，我妈说，用毛笔往云上一蘸，就可以写标语了。不久就下起瓢泼大雨来。我心里舒了一口气，心想我爸有救了。因为上个月下坝乡的地主吴云泽就是因为天下大雨，没有群众去参加大会，当天没有枪毙成，改判到新疆劳改了，吴云泽是个真正的恶霸，他没有被枪毙，有人就说，老天真是不长眼啊；而那天的大雨一下，整个乐坝乃至几水的人都出了一口长气，说老天这回总算长眼了。

我爸头天就被押到了几水场，关在乡政府的一间黑屋子里。那天一大早，乡政府的人就开始布置公审公判大会的会场，我爸一早就被押到了会场上，在一根木桩上捆着。我和妈一直守着他。那场大雨从天上倒下来的时候，会场很快就被雨水撕烂了，人们都抱头蹿去，那里空无一人，只有我们一家三口在暴雨里抱头痛哭。

没有人再管我们。乡政府有个好心的人告诉我们，说这场雨只要下到午后，他们便会把我爸解走，明天一早押送到县上，像吴云泽一样遣送到新疆。

我一直给爸撑着油布伞，一家三口都在伞下躲着。虽然大雨淋湿了我们，但我们如沐甘霖。

惊雷在大雨中轰然滚动，闪电不时把天空猛然劈开，锣山上每条沟里的水都飞流直下，几水的水位很快漫过了古老的石狮桥。

时间过得异常缓慢，但终于临近中午了。乡政府厨房里浓烈的炒菜味和蒸米饭的香气穿过绵密的雨幕飘了过来。我妈说，你到"牛馄饨"那个馆子去，给你爸买碗馄饨来。我爸说，等一会儿吧，等一会儿我们一起吃。我妈说，这样也好，到时再要个卤猪脚、二两烧酒，算是我们为你爸送行。我爸说了，他如果真被押到新疆去劳改，他一定好好改造，争取早点回来和我们团聚。

这句话刚说完，我们看见一个人影出现在了雨幕中。那人戴着斗笠，披着蓑衣，裤子挽过了膝盖，迈动着两条长腿向我们走来。我以为来人是给我父亲松绑的，不由得长舒了一口气。

我妈哆嗦了一下，那不是刘长腿么？

我说，是他又能怎的！

我爸绝望地说，我这条命恐怕保不住了。

刘长腿一上来，就对我们说，你们是不是正在侥幸，说可以保一条狗命呢？他把身后的汉阳造拿到手上，接着说，像吴云泽那样的好事不会再发生了！

你……母亲指着他。

我怎么啦，你们两个离他远一点，不然老子一起崩。

我和妈离爸更近了。

刘长腿笑了一声，退后两步，端起枪，对准我爸的头，砰地开了一枪。枪声异常清脆，我爸没有动，他似乎没有感觉。我手里的伞掉在了地上。我看见他的额头上有一个小孔，往外冒着血，但很快被雨水洗刷干净了。他的眼睛看着前方。有好一会儿时间，他的头才向前垂下来。而刘长腿已经背上枪，转身走了。他的脚踩在汪着积水的地面上，很有力，以至水花溅得老高。

我这才意识到，爸已经被他枪毙了。

事后得知，刘长腿是硬泅过几水河汹涌的激流，来枪毙我爸的。很多人都劝过他，有人甚至抱住了他的腿，他都挣脱了。在横渡几水河的时候，他好几次差点被急流冲走。

地上的积水并不浑浊，血在水里漫开。我妈当时看着已被雨幕遮住的刘长腿的背影，说了声，你个……畜生啊……，就瘫倒在了半尺多深的积水里。水飞溅起来，她有一半的身子被积水淹没了。雨水抽打着她苍白的脸。她的发髻散开了，那披散开来的长头发像水草一样顺水漂流着，像很黑的血。

我当时脑子里没有别的，只有雨水。我把雨伞捡起，举起来，去给爸遮雨。我跟爸说，爸，你再也不怕淋雨了。我把雨伞插在捆绑爸的桐麻绳上，然后去扶我妈。没有雨伞的庇护，我觉得雨的力道很大，一下把我淋趴下了。我爬过去，把妈从水里扶起来。当我把她的头扶到我的臂弯里，我看见她满头的黑发已变得雪白。

妈……我喊了一声，我被倾盆而下的雨水噎住了。

有人踩着没过脚踝的水，"啪嗒"着一双大脚，来收了枪毙我爸的子弹费。那人接过被雨水泡湿了的钱，赞叹道，你们应该谢谢这家伙，你看人家活儿干得多利索，一枪就把问题解决了。他走了几步，又回过身来，在雨中大声说，趁现在没人，赶快把人弄走，找个地方埋了吧。

刘长腿大义灭亲的事迹，使他在全县一夜闻名。他苦大仇深，根正苗红，所以很快成了清匪反霸的骨干，抓捕地富反坏，枪毙地主恶霸土匪，都是他干。他很快就干上了乐坝村的村支书兼民兵连长。从那以后，他就是县上重点培育的基层干部，他参加了县里组织的五次培训，已学会了说报纸上的话——乡里人把这叫作"新式官话"——显得很有水平了。在他临死之前，听说上头已决定让他到几水乡去当副乡长。

刘长腿的老丈人说

我们家的情况你可能也听说了，我女儿九岁就在陈文禄家当使唤丫头。我女儿原先看上去貌不出众，没想一过十二岁，越长越好看，十六岁时成了陈文禄的二夫人。陈文禄也就两个夫人。他大夫人都四十五岁了，因为一直只有陈婉然这么个千金，于是大夫人做主，把我女儿纳为二夫人，想让她为陈文禄生个儿子。陈文禄这个人讲究德行修为，并不同意夫人的做法。可怜我女儿1946年成为二夫人，到解放后陈文禄被枪毙，还是女儿身。但不管怎么说，她已是陈家的人。就从这一点来看，我们家百分之百算是受人压迫剥削的阶级，但凭着陈文禄收我女儿做小给的那点钱，我置了几亩薄田，解放后竟被我这个铁面无私的女婿刘长腿划成了富农成分。他当时不晓得，媳妇家是富农，肯定影响他的政治前途。

到了新社会，政府把我女儿分给刘长腿做媳妇，我呢，也算是分给他当老丈人的。这种情况，你就是不情愿也没办法。不过，我对我这个女婿还是很满意的。只是谁能想到，他会那么死？他马上就要当副乡长了，要是不死掉，以后干个县长也是没问题的，哎，可惜啊！

我们一家子那时都在我女婿这里住。开始是因为我女儿跟他合不来，两个人经常吵嘴，我们住在一起，会放心些，但看到他们天天干仗，气得我们又搬回去了；后来是我女儿说这屋子闹鬼，她说她好几次看到一个鬼立在她家墙头，倒挂在她家窗前，刘长腿革命工作忙，经常不回家，她一个人带着娃娃住着害怕，我们才又来住下的。

长腿出事那天是天黑出的门。他说他要到下坝去一趟，说那里有革命工作要做，可能不回来了。他是做革命工作的人，他一说做革命工作，我们都觉得很光荣，管毬他呢，不回来就不回来吧，我们早习惯了。我还提醒他，说最近闹鬼，要小心些。他说老子唯物主义，还怕鬼！我女儿跟他吵了几句，说他头天晚上就没有回家。他没有理她，提了马灯，背了那支汉阳造，屁股一拍就走了。

我这个女婿啊，啥都好，脑子转得快，学东西快，学本事快，有能力。原来也就是个孤儿，但在新社会，一两年时间，就把他培养成一个干部了。所以有人会说他霸道、乱搞女人、占公家便宜之类乌七八糟的闲话，这些你都不要去相信。

还是接着刚才的话说。晚饭过后，我也没毬啥事，和刘老二在院子里摆了一会龙门阵，主要是摆最近乐坝的那个鬼。摆着摆着，又扯起了以前人们讲过的形形色色的鬼，摆扯到最后，两个人都害怕起来，就回屋里睡觉了。躺到床上，刚才讲过的鬼故事盘结在脑子里，攘都攘不走，越想越害怕，怕得脑壳一阵阵发麻，最后感觉屋里阴森森的，啥都成了鬼，就连躺在我身边的婆娘都成了红发青面、长着獠牙、舌头拖得老长的女鬼。一家人正睡着呢，狗叫得不行，我睡得浅，就醒了，抱怨了一句，这深更半夜的，狗叫啥呢，叫得这么凶。我像睡着了，但脑壳又是清醒的；我像清醒的，身子又不做主。狗叫声变成了鬼哭声，我知道自己被魇住了，便又打又踹，死命挣扎，大喊大叫，但一点用处也没有，我浑身冷汗，却一动未动。幸好婆娘翻身，无意中蹬了我一脚，我才醒过来。我骂道，他娘的，把我魇得好凶！我婆娘说，你多久犯了这样的毛病？我说都是刚才跟刘老二谈鬼给谈的。我婆娘说，是啊，没有鬼也被你们谈出鬼来了。我说，把洋油灯给点上吧。我婆娘说，太费钱了，不可能再被魇住的，你挨我紧一点睡。

我从来没有那么害怕过，怕婆娘睡着，就跟她张家长李家短地瞎扯。正闲扯着，突然听到了一声炸响，我开始还以为是哪个晚上用火枪打兔子呢。我婆娘说肯定是有人在用炸子炸狗吃，让我先唤一声女儿家的花眼在不在。我说是谁在打兔子。我们两口子争着究竟是有人在打兔子呢还是在炸狗吃，争了半袋烟的时间，突然听到有人"咚咚咚"地砸起门来。我们家长腿回家都是大声喊着叫开门的，砸门声那么重，我觉得不对劲，就大声问，嘿，这么深更半夜的，你是哪个哟？对方没有回答我。反而把门砸得更响了，觉得门都要被他砸破了，房子都要被他砸散架了。我一听就觉得不对劲啊，那时候老是有坏人特务，你们都晓得的，我们家长腿从土改起就给新政府办事，得罪人是难免的，我想是不是有人寻仇来了。就大声问，你是哪个狗日的，你要干啥就吭个气！老砸门干啥子？他还是没有回应，门反而被他砸得更响了。但我侧耳听到了"呜噜呜噜"的像关在屋里的狗被狗屎憋急了要出去拉屎时发出的那种声音。

我觉得有问题，就一边摸火柴点马灯，一边跟长腿他娘说，狗日的，只有土匪才会这样砸门。

长腿他娘一听我这么说，吓得哆嗦起来。

这是新社会，谁还怕他土匪？谁都知道我们家长腿是民兵连长，有近百人的队伍呢，哪个土匪有这么大胆子？

全家人都被吓醒了，他们都来到了我的床跟前。我女儿抱着娃娃，更是吓得面无人色。她说她听到的鬼叫声跟外面的声音一样。全家人都害怕起来。我儿子已顺手操起了一根抬杠。我拿了一根锄把，示意儿子不要吭声，紧跟着我。

可能是听到了屋子里有动静，门外"呜噜呜噜"的叫声更急迫了。听到这种声音，我的头发一下炸了起来，我之前也多次听说近段时间人们遇到的鬼就是这么叫的。我在心里说，看来真有鬼找上门来了！我腿肚子打战，儿子在身后捅了捅我。我心一横，心想，难道我一个活人还怕你个死鬼不成！我倒要看看你有多厉害！

这种老式的对开木门关不严，有两指宽的一条缝，我偷偷摸到门缝前，突然举起马灯，向外照射去。

不看不要紧，一看吓死人。我叫了一声我的老娘啊！我看到的正是我女儿跟我讲过的、人们这些日子也在传说的鬼。只见那鬼头发炸开，看不见有脸，披着长毛，腿看上去又长又细，伸展着奇怪的、不能弯曲的手臂，左一下右一下地不停砸门。我的头发再次炸立起来，冷汗涌出，手脚哆嗦，腿肚子猛地朝后转去，但我像被定住了，已动不了。马灯和手里的锄把一下掉到了地上，嘴里不停地喊着，鬼……鬼……

　　我虽然用马灯照了它——听人说鬼怕光，所以闹鬼后，每家每户都备了风吹不熄的马灯，但鬼并未退去，嘴里仍像含了一根滚烫的烤红苕，发着"呜噜呜噜"的怪声，有力的手臂还在不停地砸门。

　　我儿子见我那样，也吓了一跳。但他毕竟没有看到鬼的样子，所以没有被吓住，他一下拔掉门闩，叫了声，我打死你个狗日的，就冲了出去，朝着那家伙就是一抬杠。那一抬杠打在他的手臂上，发出"哐"的一声响，那条手臂被我儿子一抬杠砸断，一下耷拉下来。那鬼嘴里发出一声含混短促的怪叫，另一只鬼臂向儿子横扫过来。我以为他要收拾我儿子，支撑着站起来，摸了锄把，也冲了上去。我婆娘也操起扁担，过来助阵。那鬼一见那阵势，转身想跑，但小儿子一抬杠横扫在他的左小腿上，他一个扑趴，向前栽倒了。我们乘机冲上去，生怕他再站起来，噼里啪啦一阵乱打，那家伙开始还在呜噜乱叫，渐渐就没了声息。

就是这样，我们又乱棍齐下，狠打了一气，直打得那家伙成了一摊肉酱，才住了手。然后，我们松了一口气，赶紧拿出马灯，想看看打死的鬼是个什么样子。这一看我就疯傻了，我大叫了一声天啊，怎么是你个狗日的呀！

——我哪里会想到，我自己把自己当支书的女婿打死了……

我一看才知道，那长毛原来是蓑衣，双腿看上去细长是因为没有穿裤子，手臂不能弯曲是因为绑了一根扁担，头发炸开是因为戴了一顶烂草帽，脸黑得没有是因为涂了锅灰，嘴里发出怪声是因为被塞了裤头。

你说，他怎么把自己装扮成了那个样子？如果不是鬼而是人，谁能想出把他那样打扮？

有人说，是我们一家合伙杀了他。的确是。但我们不是故意要杀他的。公安也认定我们是误杀他的。我把罪行一个人承担了下来，被判了十五年徒刑。我在这里已服刑一年，再过十四年，我就可以回老家乐坝了。

刘长腿的丈母娘说

我们这山旮旯里，经常闹鬼。一摆龙门阵，说的大多是鬼。一说起来，好多人都遇到过。但要说谁真看到了鬼，鬼长成啥样的，就没人说得清楚了。无非就是青面獠牙，身上长红毛，眼睛发绿光，舌头拖老长。人间的人每个长得都不一样，鬼是人变的，难道人变成鬼就成了一个模子的？反正我活了这么多年，虽然怕鬼，却没有看到过鬼。有人说我女婿死后差点成了罗刹，也就是快成厉鬼了。温端公收拾他的时候，我没有去。人死了还被杀竹签，泼狗血、碎尸骨、遭火烧，我哪里看得下去！

我女婿被打死前一阵子，就有好几个人说他们看到了鬼。那鬼的样子就跟我女婿长腿死前的样子差不多。说有一次是在凌家坟园里，有一次就在村前的竹林边上，还有一次是我女儿看见的，就在她家的窗子前，那鬼发出的声音也是"呜噜呜噜"的，和我家长腿死那天晚上嘴里发出的差不多。大家说得像真的一样。好多人吓得不行，所以那几天村子里一到晚上就关门闭户，没人敢出门了。每户人都花了钱，从县城购买了能驱鬼的马灯，说马灯发出的光比油灯亮，鬼风吹不灭，鬼害怕。这个事还惊动了乡上，乡上的书记专门来召集大家开了个大会，说世界上没有鬼，说鬼是唯心主义的东西，而我们新社会的每个人都是唯物主义者，唯心唯物的说了一大套，没有人能听懂。但我女婿长腿记性好，把书记的话都记住了。有人说鬼，他就会把书记的话拿出来讲一通。

我女婿从不怕鬼，女儿却怕得不行，女人嘛，总要胆小些。你晓得，这个院子原是被长腿枪毙了的地主陈文禄陈老爷家的。我女儿说，她常觉得陈文禄陈老爷的鬼魂在这屋里转悠。有一次，她起夜解手，看见陈老爷就在堂屋里的太师椅上坐着，一只手拿着一把折扇，一只手里拿着一本古书。她第一次以为是自己看花了眼。过了几天，她又听见陈老爷在隔壁屋里一边叹气，一边吟古诗。我女儿过去虽是他的小，但毕竟也算夫妻。她听了很难受，就去跟他女儿陈婉然讲了他吟的诗。他女儿虽然哭，却不相信。

长腿因为革命工作繁多，晚上经常不回来，我女儿才让我们住过来的。有人说我们是图这里宽敞？也有这个原因吧，反正两家合在一起，同一个灶台吃饭也省事。

他们说，我家长腿肯定是鬼魂附体了，说不定就是被陈文禄这个鬼附身了，不然是不会这么死的；也有人说，如果长腿没有被鬼魂附身，我们也被鬼魂迷住了，不然不会下手那么狠；还有人说其实还是长腿被鬼迷住了，让你们打死了他；或者说不是你们打死了他，是鬼迷了你们，借你们的手把他打死了。总之，是鬼要了他的命。

他们这么说，我也愿意信，因为我实在想不出为什么会发生这么蹊跷的事。他们这么说，我心里好受一些。不然，你叫我们咋活！

哎呀，你不晓得我家长腿被打得有多惨，他被我们——也就是他自己家里的人活活地打融掉了。

你说，如果没有鬼迷他，没有鬼迷住我们，谁能把他弄成这样？你想想，就是哪个和他有仇，谁的脑壳能想出这样的法子来弄他？只有鬼有这样的本事这样来搞死他！

说有仇，那也是有的，他是革命干部嘛！他刚解放那阵是枪毙过人的，仅我们村就枪毙了四个。但他们是地主，是坏蛋，都已经毙了好几年，他们的后人都是老老实实的，平时见了他都发抖呢，哪敢动他一根毫毛？何况，那也是上头的政策，他是在执行上头的政策，常言说，冤有头，债有主，你说，哪里怪得了他！是啊，你说得也有理，没人给鬼宣讲过上头的政策，鬼不晓得上头有什么政策，鬼只找打死了他的人，所以，我们长腿死得冤啊，我家老头子去坐牢更冤啊！

别的问题？他没有，他该是乐坝最清白的人了。你说他把院子围起来不应该。这个问题我也说过他，他说有啥不应该的，他是干部，现在敌特分子活动得这么猖狂，修个围墙，也是为了更好地保护自己。他是村里的一把手，保护好自己，也是保护基层政权。我觉得他说得在理。

当然，也有人说他的闲话，说他搞特权。这叫啥特权，不就是围了个墙么！如果不修围墙，没有这道院门，他就可以直接敲房门进屋，那我们就能认出他，也就不会把他打死了。

还有人说他想打陈婉然的主意，你千万不要信，那都是一些爱嚼舌头的人背后说的闲话。人家解放前是地主的女儿，是千金小姐、金枝玉叶；解放后嫁的是解放军，是打过美帝、立过功的解放军，现在是军属啊，那比金枝玉叶还金贵的，又是军婚，就是给长腿吃了豹子胆，他也不敢有什么非分之想的。还有，那个女人的爹就是我家长腿枪毙的，你想，他怎么可能打她的主意？更何况呢……我就直说了吧，我女儿在过去是陈老爷家的姨太太，要不是新社会，不天天吃香喝辣，使奴唤婢的？他刘长腿就是要走近跟她说一句话也是很难的，怎么会跟他当老婆？哦哦哦，我是说得不对头……我……我是打个比方……不管怎么说，长腿是和陈婉然她爸的女人结的婚，她就应该把长腿叫一声叔，长腿就是她的高辈子，就是解放了，这个辈分还得讲吧。所以说，长腿不可能去打她的主意。何况，那个女人我是知根知底的，贤淑，性格也好，退一万步说，就是长腿真想怎么样，那个女人也不可能答应啊！

你说说，谁会想到长腿会这么死啊，因为这个事，还把我老头弄去坐牢了，留下老的老，小的小，你叫我们怎么活啊——？

刘长腿的女人薛月香说

我不想说什么……人都死了，还有什么好说的？

只能说我命苦吧。前一个男人被我现在的男人枪毙了，现在的男人又被自己家人活活打死了。天下这样稀奇的事都发生在我身上，说起都没人相信。

我爹原先在几水场是有家杂货铺子的，但他喜欢打牌，欠了一大笔赌债，把铺子输了，人家逼他，说不还账，就剁他一只手，他害怕，就把我卖给陈老爷家做丫头。我当时才九岁。还赌债后余下的钱，陈老爷没有给他，而是为他买了七亩水田、十亩旱地，叫他耕种。这个事后，他不敢再赌了，老老实实种地过日子。人家都说他是老浪子回头。

我在陈家过得挺好的。主要是伺候婉然。她那时是小姐，陈老爷又只有她一个女儿，真是宠爱得不得了。我比她大一岁，说是伺候，其实是带她玩。我跟她一起去过县城，还去过成都。

十六岁那年，也就是1947年的5月，夫人有天突然跟我说，月香，你长大了，我跟你找个婆家吧。我说我要跟小姐在一起。她说给你找了婆家，你还是可以跟小姐在一起的。然后，她说了要我嫁给老爷的事，还说已给我父母亲讲过，他们都同意。我虽觉突然，但还是答应了。不想老爷反对。夫人的意思是她没有给老爷生儿子，让陈家香火难续，她必须那么做。她还搬出了老爷的爹妈。老爷是个孝子，只好答应下来。但他并没有跟我同过房，一直没有。1948、1949年，二老相继去世后，他说让我重新找个人家。没想不久就解放了。没想老爷那么好的一个人，最后却那样死掉了……

的确是变了天。谁也没有想到刘长腿会做出那样的事，更没人想到他那么快就得势。但有一点需要说明一下，他是没有权力直接镇压人的，是他跑到区上去反映，说不能因为下雨就放过陈文禄，区上就派他来镇压。我开始对他很反感。但人家很快就在乐坝一手遮天，我是陈老爷的人，按说也是地主婆。他想要我，说我是被陈文禄所逼，不得不给他做小老婆的，是被压迫的妇女。当时我家已定为富农，他说我是我爹卖了的，跟他们已不是一家人，给我另外立户，定为贫农，也算是帮了我。我跟他成家，是分给他的。就像陈老爷家的其他财产一样，都可分配。

他没想到我还是女儿身。他问我陈老爷为什么没有跟我圆房。我跟他讲了。他觉得难以理解。但我毕竟给陈老爷当过小老婆，他开始对我还可以，以后就越来越差，所以我们经常吵架，他经常打我。

他在外头做的那些事，有些我听说过。但我没有办法。我不敢劝他，劝他他就会打我。我就不管了。人做事，天在看，跟他过日子，虽然也风光，但我心里没底，总觉得他哪天会出事。最后真不出所料，我只是没有想到会那么快。

刘长腿原来在陈老爷家，陈老爷对他不错。他那个时候只知道干活打猎，老实得很，陈老爷把家里的很多事都交给他打理。不过旁人也说刘长腿这个人表面上看起来憨厚得跟一块石头似的，但心机很重。老爷宽厚地说，有点心机也未尝不好。他在陈老爷家就对我很好，也曾有人提过，说我是丫环，以后跟他挺合适的，他对我就更好了。但我后来被陈老爷纳为小，他就不敢理我了。

他这个人心里要做的事，没有人能拦得住。林二吉去当兵，的确是他有意要他去的，不然林二吉根本去不了。我晓得他这样做想干什么。上了战场，九死一生。

他为什么想让林二吉出意外？因为他想打小姐的主意。我曾跟他说过，你敢动陈婉然，我就去死。他踹了我一脚，说你个婊子，敢威胁老子，你想多久死就去，你说他是不是个人？

他没有想到林二吉会跟陈婉然结婚，她会成为军属。这一下，他就是敢乱想，也不敢乱动了，比我用死威胁管用。

他嫌弃我，也嫌弃我们家的人。他原来从不让我跟我爹娘往来。后来闹鬼，他又经常不在家，才答应让我家里的人住过来陪我。

鬼这个东西，每个人都在说。但鬼怎么成了让人害怕的东西，我就不知道了。

现在这个院子，以前陈老爷一家就住在这里。我以前住在这里，从没有害怕过，但跟刘长腿过日子后，再住进来，就觉得不对劲了。我常常觉得这个房子里像是还住着人。而这个人不是别人，正是老爷。有一天半夜，我似睡非睡的，听见老爷在吟诗。这首诗我以前听他吟过好多次，他也教过小姐，就记下了：

故园东望路漫漫，
双袖龙钟泪不干。

马上相逢无纸笔，

凭君传语报平安。

不知道为什么，我醒过来后，并不害怕，点了马灯，抱了孩子，在屋子里找了一圈。当然，什么也没有找到。我想，可能是自己做梦了。但我有天晚上恍然看见他坐在堂屋的藤椅上，摇着折扇。你说我可能看花了眼？也有可能。陈老爷生前说，鬼由心生，怕鬼就是怕自己的心。我想，可能是我心里觉得愧疚，所以才常觉得他的影子还在这个房间里。

即使老爷真的是个鬼，我也不怕他。他如果真的在我家里出没，我愿意把他作为一个秘密。但那天晚上的那个鬼却把我吓死了。那是长腿被打死前不久的一个晚上。那天晚上娃娃老哭，我费了很大劲才把他哄睡着。我很困，我想把蓝布窗帘拉上后赶紧躺到床上去。我刚走到窗前，一个东西发出"呜噜"一声怪叫——刘长腿死前也是那么叫的，突然从窗外倒挂下来，把窗户遮住了大半。屋里的灯光不很分明，但可以看见一张恐怖的脸，头上的红毛披散开来，一条血淋淋的舌头吐出，倒挂着，拖得老长，把鼻子和眼睛都遮住了。我吓得尖叫了一声，娃娃被我的叫声吓醒。我看见他往上退，像卷帘往上卷。他的舌头那么长，好半天还拖着，他的红毛更长，好久才收完。我本想再喊叫，却叫不出声；我想去抱娃娃，却跟定住了一样不能动。我一定是吓傻了。娃娃撕心裂肺地哭了一会，又睡着了。我过了好久才喊出声来。我浑身颤抖，凉得像刚从冰窖里爬出来的。

我转身抱起孩子，跑到了相邻的村长家。长腿这个人啥事都压人家一头，平时都不往来的，但当时我只敢往他家跑。嫂子问我怎么啦？我嘴唇哆嗦着，半天才说，鬼。村长说，都新社会了，哪来的鬼！我给他们讲了。村长说，你后窗和我家就隔一面墙呢，刚才狗都没叫一声，我就不信。说着，点了柏皮火把，走，去看看。我把孩子交给嫂子抱着，跟在村长身后，来到我家屋后。那里什么都没有，我家的狗卧在窗户下，见了我，站起来，伸了个懒腰，亲热地摇着尾巴。村长说，你看，啥也没有嘛，不要自己吓自己。但我还是不敢回家，我请他把我送到了我娘家，我在娘家住了一晚。第二天，我让爹娘住到家里来陪我。

但就在那天晚上，我出门倒夜壶，突然听到"呜噜"一阵鬼叫。一抬头，看见院墙上站着一个鬼，样子跟刘长腿死前一模一样，只是伸开的手臂有点像鸟儿的翅膀。他有半边脸正好被月光照见，我看见了一只发绿的眼睛，半条拖着的舌头。我手里的夜壶掉在地上，摔烂了。我想喊叫，但喊不出来，我眼前一黑，倒在了那摊尿水里，失去了知觉。

我是第二天中午才醒过来的。我醒后，爹告诉我，他听见外面有动静，喊我又没应声，就出来看我，见我倒在地上，把我抱进了屋。

我娘把弟又叫了过来，他帮我把所有窗户都封住了。在院子里搭了个狗窝，让狗在院子里卧着，又买了马灯，备了狗血。但我天一黑就害怕，必须点着灯，有我娘陪着才敢睡觉。

杀刘长腿的凶手？人是我们自己打死的，凶手还有谁？村长要是不派民兵报案，我们就自己了了，我爹还不会被抓起来。我爹为了我们，自己一个人把罪顶了……

生产队队长刘得利说

刘长腿曾对我夸耀过，说他最为得意的，是把村里他能看中的女人都骑在了他的胯下。他当上村支书兼民兵连长这两年，全村共有二十七个小孩出世，其中有十九个留下了他的特征，都有两条干瘦的长腿。每当有孩子出世，就会有人暗地里咬着牙骂道，狗日的，又是刘长腿这个牲口的。

在乐坝村，他的威风树立得很快。你想，一个亲手杀死过他养父陈文禄的人，谁见了不畏惧三分？他很多时候都是背着手，手里随时拿着一份《人民日报》，屁股后面跟着两个年轻的、背着汉阳造老套筒的民兵，其中一个是老光棍，一个是他妻弟。过去，村里能识文断字的都是家境不错的，解放后，都划成了另一个阶级，即使不被枪毙劳改，也没有他们吭声的份了。给大家读报的权利被他垄断。虽然读的时候也会有错别字，但大家还是从他身上感受到了巨大的奇迹，觉得新政府这么短的时间，就把这样一个人变成了新社会的栋梁之材，真是太厉害了。

他的女人是新社会帮他解决的，原是陈文禄的小老婆。这你肯定都知道了。最初，这个小老婆跟着刘长腿这样的穷光蛋过日子，还吊喉抹颈的，和政府的人耍泼。后来见刘长腿分到陈文禄家祖屋的三间偏厦，而陈婉然则被赶走住进了窝棚，知道现在的确是穷人的天下，加之刘长腿的出息越来越大，其威风没人能比，她就心平气顺了。

对于刘长腿在作风问题上变得跟种猪一样，他女人也听说过，但她没怎么去管，因为她怕自己管得多了，刘长腿会嫌她，会把她一脚踹掉。这使刘长腿更无忌惮，好像一头已蹿出了猪圈的种猪又离开了牵它的人。他有时发了情，可以把女人按在庄稼地里干一回。所以那几年，老会在麦田里、油菜田里、玉米地里看到人躺倒后压出的人字形凹痕。他那个时候看上谁的女人，就会把她的男人支走，要么派他们到米仓山去修公路，要么去锣山伐木，要么去虎跳沟修水库，然后自己乘虚而入。

他之所以有这么强烈的欲望，和他生活不错有关。当时全村有三个骟匠，骟牛骟马骟羊骟猪骟狗骟猫骟鸡骟鸭，凡被骟的畜生家禽的卵蛋，除了他，别人都不准吃；一个村七百余户人家，养了多少牲畜啊？这些卵蛋很少断过，如果缺了，他就会支使骟匠把谁家的种猪或种牛种羊骟掉，以供他口腹之需。人们都记得1952年，全村的公牛公马公羊公猪公狗公猫公鸡公鸭都被骗了，最后只得赶着牛羊去下坝村配种，而鸡鸭下的蛋是孵不出小鸡小鸭的。他还有一个爱好，那就是用醪糟煮人奶，当时牛奶很难喝到，但人奶从不会缺的。就因他而怀孕的妇女也少有中断，所以他走到哪里，不是给他端茶喝，而是煮一碗人奶醪糟。他不出门，就有人轮流给他送到家里来。这个规定不是他制定的，但全村都是这么实行的，每个奶孩子的妇女都晓得，左奶的奶水是给刘支书煮醪糟喝的。所以他家里总有一股甜腻的人奶味，淤积起来，都有些腥臭了。这些奶很多时候根本喝不完，他就直接喂了他们家的猪。他老婆要用这些奶洗澡，他坚决不干，说她还没有那个资格！

乐坝偏远，当时的人们刚被解放，什么也不知道，以为村支书就该过这样的生活。也有人私下里想收拾他，但因他是基层革命干部，怕被革命，没人敢对他下手。村里的很多人听说林二吉在部队当了首长，想他是革命军人，是有资格收拾他的，就都把报仇雪恨的希望寄托在了他的身上。没想刘长腿却告诉大家，说林二吉已在朝鲜成了烈士。当然，我们后来晓得，林二吉并没有死。于是，就有人说刘长腿是林二吉干掉的。林二吉有这个脑子。你问林二吉为什么要杀他？因为刘长腿杀了他养父，还一直想打陈婉然的主意，更主要的是，好多人都希望有人能为民除害。

林二吉和刘长腿都是陈文禄老夫子养大成人的，陈老夫子一直将他们当亲儿子看待，供两人读了书，只是刘长腿学不进去，在私塾混了两年就死活不学了，林二吉则读了私塾，读完了高小。刘长腿读书不行，但干活是一把好手，农活上的东西一弄就会。陈文禄为他着想，还让他学了木匠、泥瓦匠。他有双长腿，跑得快，喜欢打枪，陈文禄就给他买了一杆鸟枪。这些都不说，仅有一条，他刘长腿就该感恩戴德一辈子，那就是他因有陈老夫子护着，抽夫拉丁时都没轮着他，要不，也有可能早成了炮灰。农村有句话，生身父母轻，养身父母重。但这个刘长腿，亲手杀了自己的养父，后来，又把人家的小老婆——他原来叫二娘的——弄来做了自己的婆娘，你说，他是不是人？

　　林二吉这个人的品行没得说，他知恩图报，对陈文禄一直很孝敬。陈文禄被枪毙后，是他去帮着把尸体背回来掩埋的，后来又一直照顾陈婉然和她妈。乡下人心里还是有一把尺子的。他能写会算，解放后，本来要他到乡上工作，刘长腿说他是地主恶霸的孝子贤孙，没有去成。但他嫉恨林二吉，便想了个办法，送他当兵上朝鲜打仗。

　　我们这个地方，从来对当兵就有一种恐惧。从四川军阀开始抽丁抓夫开始，大家就把当兵与匪盗、伤残、死亡和苦役联系在一起。所以好多人——包括我，为了逃避被抓丁，都是自己把右手的食指给剁掉的，没了食指，没法扣扳机，就不会被抓去送命了。但到了解放后，把当兵与革命联系在了一起，就是一件无上光荣的事情了。所以，1949年，林二吉要去当兵，刘长腿坚决反对，但到1950年，他不但不反对，还很支持了，为什么呢？因为那年三月已在抗美援朝打老美，头一年参军的三个人，有两个人入朝才三个月就牺牲了。刘长腿就想把林二吉送去牺牲掉。

林二吉那批兵，果然去了朝鲜。但他命大，乐坝那年去了三个人，一个人牺牲了，另一个没了双腿，但林二吉没事。

林二吉入伍前，突然和陈婉然结了婚，大家都很惊讶。因为陈婉然是地主的女儿，这一弄，不是给自己找麻烦吗？但他没有管。当然，后来我们都知道了，林二吉之所以去当兵，就是想保护陈婉然。他当时跟陈婉然结婚，也是假结婚，还是为了保护她。反正，陈婉然一下成了军属，就是刘长腿这样的人，也不敢轻易打她的主意了。

公安员李进财说

当乐坝村那三个的民兵跑来报案，说刘什么长腿的村支书给自己家里人杀了时，他妈的，老子正抱着我媳妇在那个呢。你晓得，我媳妇刚娶进门五天，老子一百万个不情愿地从被窝里爬出来，披上衣服，就往乐坝赶，赶到乐坝时，才早上六点半钟，露水把我的衣服裤子全打湿了。

现场围着一圈人，打死的人差不多已成了一摊肉，身上的骨头都被砸碎了。这家人也真下得了手啊，就真是个鬼，打死也就算毯了嘛，哪用得着费那么大的气力？我看啊，他们当时也真是吓傻了，脑子里是啥也没有想，只晓得打鬼了。

这个杀人案，老子可以肯定地说，是借刀杀人，而这个借刀杀人的人无疑是个高手，一条，那就是他妈的高明！如果还有一条，那就是他妈的实在高明！

你知道吗？就连那个支书戴的烂斗笠、披的蓑衣、用的扁担都是他自己家的。还有，塞支书嘴巴的裤头也是从支书身上脱下来的，绑扁担用的布条是撕了支书的裤子，也是支书自己的。至于那声枪响，有可能是炸子儿的响声。也就是说，这个杀手没有留下任何踪迹。那只被炸死的狗，应该是在那天下午太阳快落山时炸死的，而不是当天晚上，所以有人怀疑那天晚上的那声炸响是枪声。但我断定那是炸子儿的声音，是用来冒充枪声吓唬刘长腿的，让他以为有人在身后朝他开枪，所以他才吓得没命地往家里跑，不要命地砸门，可他嘴里又喊不出来，只能呜噜呜噜乱叫，让家人误认为是鬼而被杀掉了。

但是谁把刘长腿打扮成那个鬼样子的？为什么要那样打扮？他是从谁家跑出来的？那声炸子儿的响声在这个过程中起了什么作用？她的那支汉阳造到哪里去了？我们都没有找到任何线索。所以，要杀死他的这个人究竟是谁？还真不好说。我们先把村里——后来扩展到全乡，最后把方圆百里内的坏分子都过了几遍，然后又把和他有过矛盾的人筛了几遍，都没有找到有用的线索。

最后，我们把怀疑的目标定在了陈婉然身上。他的父亲是被刘长腿枪毙的，她父亲的小老婆后来成了刘长腿的女人，她丈夫在朝鲜好好的，刘长腿却说人家已经牺牲，要说和刘长腿有深仇大恨的，也就她了。刚解放的时候，她也就十八九岁，躲在成都的伯父家，伯父一家都逃到泰国去了，后来去了香港。不知为什么，她没有和伯父一起走，可能是为了父母，她回到了老家。她以为她父亲一辈子造福乡里，不会有什么事。她父亲也的确是可以幸免一死的。我后来去查他的档案了，政府是把他列为开明人士的，不想被刘长腿给毙了。她父亲去世后，她嫁给了林二吉。

林二吉入伍不久，就上了朝鲜战场。陈婉然曾说，刘长腿在她丈夫上战场不到一年，就告诉她，说林二吉回不来了，他已战死在朝鲜。他在县上领了阵亡通知书，乡里人都晓得她丈夫战死了。但这个，刘长腿显然是在骗这个女人。因为我在乡上，从没听说过林二吉牺牲的消息。我们乡上去朝鲜打老美的，一共有二十七个人，谁谁谁牺牲了，乡上都知道。这个女人是识字的，不晓得怎么被刘长腿蒙了。

这都不重要，重要的是他为什么要蒙这个女人？我猜他是为了得手，想断了这个女人的念想。他会不会对陈婉然有非分之想？的确有人说这个刘长腿经常去骚扰她。但陈婉然不可能用那种方法杀掉他，何况她那晚给她老娘抓药，怕鬼，一个人不敢回，住在那个叫陈文元的医生家里，次日天亮才回家。所以，她的嫌疑也就排除了。

其次，最有可能杀刘长腿的就是陈婉然她娘，但这个地主婆毕竟是个五十来岁的妇女，又是个瘫了的病人，她也没能力做下这个事。

我们也怀疑过林二吉。为了破案，我们到林二吉的部队去调查过。他们团长和政委一听说，说扯什么淡，林二吉到部队后就没有回过老家！但他们还是很配合我们，专门派了保卫干事协助我们调查，让我们走访了很多官兵，他们都说部队刚从朝鲜撤回不久，林连长忙着战备训练，都在部队待着，根本没有时间回家。

我们也见过林连长。人家在朝鲜打仗勇敢得很，是有名的战斗英雄，他对老家发生的事根本就不知道。他说，虽然他已好长时间收不到陈婉然的信，但他每月至少要给她写一封信，即使在朝鲜打仗的时候也是如此。他以为陈婉然不给他来信，是怕连累他，要断了他的念想。他说他很担心她们母女俩，还说他们部队规定干部到了副营就可以让家属随军了，他要是表现好，再过一两年就能干个副营长，到时陈婉然就可以随军到部队。他还说，他当兵走时，陈婉然还给过他一张照片，是她在成都照的，他一直带在身边。他还说，陈婉然有文化，到部队驻地后，可以参加工作，为国家尽力。从谈话中就晓得，他对他媳妇很有感情。我们告诉他，刘长腿骗陈婉然说你牺牲了，把你写给陈婉然的信都扣了。他好半天没有说话。

当我们从部队回来，跟乐坝的人说林二吉还活着的时候，没有一个人相信。他妈的，还有这样的事！就连陈婉然也认为我们是在骗他。我把林二吉托我们带给她的信和照片给她看了，她还说不可能！然后她就号啕大哭了。她说林二吉牺牲的事是刘长腿告诉她的。她说一个人牺牲部队会给阵亡通知书的。刘长腿说她没有资格领革命烈士的阵亡通知书，她认为刘长腿再缺德，也不会拿一个人的生死来乱说，加之她再也没有收到过林二吉的任何音信，也就相信林二吉牺牲了。

这个案子还真把我们难住了。后来，县里不得不派出专案组来乐坝村破案。

刘长腿是解放以后县里有名的积极分子，很有前途的基层干部。公安局黎局长亲任专案组组长。来到乐坝调查后，听到有关刘长腿的种种劣迹，越调查越生气，说了一句"天怒人怨，何该鬼杀，死有余辜"。但毕竟是个杀人案，他还得查下去。

黎局长认为，这个鬼是有人装扮的，目的是让人相信乐坝的确有鬼，并且要让人相信，鬼就长得和刘长腿死前一样。这个人用鬼吓唬刘长腿的老婆，就是要让她感到恐惧，然后把自己的家人叫来同住，有了这些人，才能打死刘长腿；这起谋杀案是精心设计的。但这个装鬼的人是谁？又是谁把刘长腿打扮成鬼样的？

因为刘长腿的所作所为，发现全村有好多人都有可能杀他，但一一排查下来，真有能力、有胆量杀他的人又屈指可数。就是有这种可能的人，都可找到旁证。问村里的人，大家众口一词，说除了鬼能杀他，人没有那个本事。

解放初期，作为公安局长，黎局长有多忙？但为了这个案子，他在乐坝蹲了半个月，还是没有查出个眉目来。最后只得以刘长腿作为基层干部，一向爱装样弄怪，这次遇害，就是因为他装鬼，被其岳父当作真鬼误杀，咎由自取。最后把他老丈人拘到县里，判了十五年，这件事就这么了掉了。

富农冉德正说

我是最早看见真鬼的。但那个鬼是不是收拾刘支书的那个鬼我就不敢肯定了。因为刘支书说新社会都要唯物主义，加之我成分不好，时时处处得夹着尾巴做人，所以我遇到鬼后也不敢跟人说。

那是距刘长腿被鬼打死前一个多月的晚上，好像是农历的十二日，天上那饼月亮还不圆，很模糊的，像炕煳了的玉米饼子。那天，我亲家的老爹不行了，我和亲家用滑竿一起抬着他，把他送到了县城的人民卫生院，说远不远，说近不近，来回九十里地。留下亲家母和他妹子在那里伺候，我们赶紧从街上往回走。当时，太阳快落山了。我亲家说太晚了，在街上找间旅店住一宿再说。我说花那个钱干啥？明天还有活路要做呢，走夜路还不是常有的事？我们就在李驼背的馆子里吃了三两面，切了二两卤肉，喝了三两包谷酒，晕晕乎乎地就往回走。

月亮虽然模糊，但比没有强多了，能看见路的白影子。我们一路说着话，走得飞快，脚下的白灰腾得老高。

路上啥事也没有。快到乐坝时，月亮已经偏西。我们从大路拐到了小路上。小路不发白，看不大清楚。但对于我们这些走惯了夜路的人，根本不算啥。何况这些路我们走了半辈子，哪里有个坑，哪里有个坎，哪里有个沟都晓得的。露水打湿了草鞋，一走起来就发出"咕叽咕叽"的声音。一路上我们耳朵里都只有这种声音。走到老坟园，离家也就三里路了，我们突然听到了一阵"呜噜呜噜"的声音。那声音很短促，但我们从来没有听到过，让人身子发凉。

啥玩意儿的声音？我问亲家。

你也听到了？

听到了。我说。

可能就是啥兔子呀水獭呀之类的野物在叫吧。他说。

不像啊，这声音我还是第一次听见。

刚说完，又叫了几声。我们立住了，往四下里看看，啥也没有。但不晓得咋搞的，那声音让人发冷。

可能是狐子在叫。

可能是吧。

我们又往前走。亲家走前，我走后。我觉得脊背发凉。我觉得如果有火的话，我的胆子会大一点，就卷了两锅烟，给了亲家一锅，点上后，两人都"啪嗒啪嗒"抽起来。我看到他烟锅里的火一明一灭的。

但我老觉得有啥东西在后面跟着我。我不敢往后看。老辈子从小就给我们说过，走夜路不要回头看，说人的魂儿有时并没有跟着人，人往前赶路的时候，它在后面闲逛，你回头去，会看见自己的魂，会吓着它或者被它吓着。我紧紧地跟着亲家，埋着头往前走。

我总觉得身后有啥东西在跟着。明明是我们两个人在走路，我却听到了六只脚的声音。其中有四只脚是草鞋发出的叽咕声，另外两只像踩在棉絮上，要轻得多。我不敢想太多，我对自己说，那只是自己心里想的而已。

离村子也就一袋烟的工夫了。前面是陈文禄老爷家的祖坟，他被枪毙后，也埋在那里。除了他的坟，都立着碑，里面有很高大的松树，连成了一片不小的松林。最老的两棵松树已有三百多岁了，像两把华盖，可惜去年被刘长腿砍了，说是要修大队部，但木头堆在那里还没人管。陈老爷是个慈祥的人，生前谁需要帮助，他只要拿得出来，从不吝啬的，他学的是圣道，行的是菩萨道，所以他那样死，很多人都想不通。我告诉你，有很多人在陈老爷死后偷偷到他坟上来给他烧纸……哎呀，我的娘呀，你看我说到哪里去了？你看我都说了些啥！我可没有来烧过。我毕竟是富农出身，怎么可能给一个被枪毙了的地主烧纸呢？

说鬼就说鬼呗，你看我扯到哪里去了？接着说那个鬼。不知咋的，原来过陈家坟园，从来不害怕的，院子里的孩子也经常在那里耍，我们小时候也在那里耍过。但我那晚突然觉得害怕了，我更紧地跟着亲家，好几次差点踩到他的脚后跟。我这么想的时候，一只猫头鹰从头顶"噗"地飞起，然后，我听到身后确实有脚步声，轻微得不仔细听，就很难听出来。但我听出来了。我实在忍不住，就回过了头。这一回头我就吓坏了，一个东西就在我身后站着，我的头发立马竖了起来，我想喊叫，却喊不出来，我感觉自己的魂儿从头顶飞跑了。我自己变成了一坨稀泥，瘫软到了地上。我觉得天空变成了一个巨大的锅盖，把我罩在了里面，周围一片墨黑，我啥也不晓得了。

我醒来时，浑身冰凉，身上都是露水，露水把我的衣服都湿透了。刚开始的时候，我怀疑自己还活着，我使劲地掐自己，我身体已经麻木，我一点感觉也没有，我确定自己死了，心里突然觉得很悲凉。我想起家里还有老娘，还有婆娘娃娃，我就这么走了，他们该怎么办呢？这样想着，我就忍不住哭了。我感觉到了泪水的一点点温热。我这才看了看周围，当时正是天快亮之前最黑暗的时刻，啥也看不见。我觉得自己是真的完了，忍不住又哭了起来。就在这时，我突然听到了一声鸡叫。听老人说，鬼魅之类的东西鸡一叫，就得遁到自己的坟穴里去了。如此说来，我还在阳世间呢。亲家呢？我把周围摸索了一遍。他倒在我前面不远的地方，也是满身的露水。我支撑着爬起来，赶紧往家里跑。

过去了这么久，那种恐惧感还在，每根毛发里都有。我觉得我的头发还是炸着的，都打卷儿了，魂儿还在身体外面，没有回来。我跑回家，一句话也说不出来。家里人不晓得我怎么了，我婆娘让我赶紧换了湿衣服。

我婆娘问我咋了？我怕吓住她，没有跟她说，只说我和亲家在陈家坟园被魇住了，亲家还在那里躺着，让她赶紧找人去把他弄回家。我婆娘披了衣服，急急忙忙地出去了。

我在被子里冷得发抖，像在打摆子。你问我那个鬼是个什么样子，我当时没看清楚就吓晕了，只记得他青面獠牙的。刘长腿死后，我看到他那个装扮，才恍然记起那个鬼跟他的样子差不多，所以，我认为他是被那个鬼魂附体了。

林石匠媳妇汪小转说

我一看黎小珍那个样子，就晓得她出事了。我看到她的时候，我就晓得她是撞到鬼了。她眼睛里全都是害怕的东西，嘴张着，一看就是吓得张开了嘴后没有合上，她在前面尖叫了一声，一下倒在了地上。我看到她满脸是汗，眼睛都翻白了，就问，你咋了？她指了一下自己头上。我抬起头，看见树上挂着一个人。不，是鬼。那是一棵油桐树。宽大的叶片在晚风中不停翻转。我想我是活人，我不能怕它，就不顾一切地用火把去照它，我只看到了一双青黑色的大脚——可能是火光照的，腿毛发红，但腿毛很长——足有一拃长。那个鬼的样子跟刘长腿死前的样子差不多，但好像不是披的蓑衣，而是一身暗红色的毛。你说蓑衣就是暗红色的？但我看不像是蓑衣。我没有看见鬼脸，我只看见了伸得长长的舌头，舌头是那种吓人的青黑色。一股凉气一下从我头顶灌下来，我觉得我的魂儿吓得"嗷"地尖叫了一声，从我的脚后跟溜走了。我也惊叫了一声，但那声音在我的喉咙管里化掉了，没有发出来。

我想用火把去烧他。但火把碰到树干上，火星从上面落下来，落在了我的头上。我赶紧把火把扔在地上，抖头上的火星子。等我收拾完，那鬼已没了踪影。为给自己壮胆，我想大声喊叫一声。我用了很大的力气，声音却没有发出来。

我撑着自己，我要把黎小珍拉走，但我走不动。就在这时，我又看见那鬼了，它慢慢地从油桐树上飘下来，感觉没有一点声音，而桐木叶的沙沙声突然变得尖厉起来，三月份的风冷得要命，把我冷麻了。我倒在了地上，我希望火把能一直亮着，但它掉在地上，只有火星子还在闪烁。我更加绝望。我想那个鬼正用冰冷的手把我的心掏出来，往它青黑色的嘴里送。我闭上了眼睛。我没有了任何感觉，就像一截正在朽烂的松木桩子。

我感觉我被鬼带着，已离开这个人世，我有些不甘；但我可以把人世的一切放下了，不由得长出了一口气。我觉得露水正渗入我的身体，人世间的寒意已深入我的骨髓。我看见我的精气神儿都被它吸走了——我现在虽然活了过来，还是觉得精气神不够用——我的脑袋和腿好像都不是属于我的，而在其他地方飘荡着。

我想起了我那该死的男人，他再也打不着我了。我想我也变成了鬼，想着自己随便哪里都可以去，还可以像刚才那个鬼那样悬在树枝上，我觉得也挺好的。我再也不用怕我男人了。我要好好折腾他一番，吓死他。但我放心不下我的七个孩子。你看，老大才定了亲，还是用他妹妹交换的——怎么交换？就是我儿子跟他女儿定亲，我女儿和他已二十七岁的老三定亲。这事刚有些眉目，就碰到了这样的鬼。这还不说，我也变成了鬼。想起我的孩子，我不禁有些凄惶。

我好像自己能看见自己，好像镜子里的自己看着镜子外的自己一样，又像梦里的自己看着梦外的自己一样。

我看见了一串火把从西边的路上一闪一闪地飘过来，

我听见有人在喊，找到了，找到了，你婆娘和黎小珍躺在这里，妈呀，快来，都凉得冰手了！我看见我和黎小珍的臭皮囊在被人运走，我感觉有人在运我，像蚂蚁抬着一块臭了的肉。

有人在开玩笑，说，抬着这两个女人跟抬着两头母猪似的。

接着便是一阵嘻嘻哈哈的笑声。他们虽然人多，但好多人还是害怕。他们需要说些荤话来给自己壮胆。

有了这些人，我似乎踏实了一些。但从那以后，我的胆子就变小了。再也不敢一个人从坟园过，不敢去参加丧礼，更不敢一个人走夜路——即使不得不走夜路，也得前后有人，我要走在中间。一回到房子里，我就会把门窗关起来。谁承想，这事儿最后落到了刘长腿书记身上。虽然我们是新社会的人，不信鬼，不信邪，但大家心里都明白，刘长腿一家是被鬼附体了，不然，怎么会被自己家里的人打成一摊肉泥呢。

你想想，刘长腿是多威风的人，最后却是这样一个结局。你说这是有人在搞鬼，哼，搞鬼，这样的鬼谁敢搞？就是要搞，谁又有这么好的脑子想出这样的办法来搞他？

乐坝小学教师丁书同说

你不信鬼，却有人靠捉鬼吃饭。刘长腿当支书时不信鬼，自己却被鬼打死了，最后还差点变成了鬼。事情有时候就是这么有意思。

我解放前就教书，当时在县国民小学教。前年乐坝要成立村小，我被调到了这里来。我的印象是，刘支书是个人物，做事下得了手。当然，他暴雨中涉河毙陈老爷一事可说是干得最漂亮的。政府说他是大义灭亲，当地人说他天良丧尽。反正，他从此就成了个在全县都响当当的人物，从一个民兵小队长很快成了村支书，下一步，他如果不死，前程还远大着，我听一个熟人说，上头已决定让他当副乡长，还准备送他到省上去学习。他下得了手，所以镇得住人，但他干事情却不行。他一直想修一座学校——他拆耶稣庙、砍陈家祖坟上的树都是为了这个，但材料摆在那里都长青苔、生木耳了，学校的地基都没定。你看，我们现在还在保管室里上课。里面太黑了，我只得在墙上凿几个洞当窗户。

我是人民教师，当然不相信有什么鬼。但恐惧可以传递。人人惧怕，怕的东西其实就是鬼。反正，在刘长腿死前那段时间，乐坝的确是鬼影幢幢，光撞见鬼的，被鬼吓掉魂的，就有好几个人，搞得我一个人都不敢在学校住了。我怕孩子遇到鬼，只好提前放学，就是作业没有完成的，也不敢留他们，更不敢上晚自习。厉鬼呀，谁不害怕？有时天一阴下来，人们心里就发紧。

我的确没有碰到过鬼。但我的确看到刘长腿埋在地下那么长时间了，尸体没有腐烂，身上还长了红毛——准确地说，是红褐色的毛。

处理刘长腿是温玄子出面的。他是个孤人，七岁开始拜师学捉鬼之技，出没于坟园荒冢之间，与孤魂野鬼打交道，后来成了捉鬼高手。无论多厉的鬼，都逃不过他的手掌心，到解放的前一年，听说他已捉鬼八十七个。

几水把捉鬼的人叫"端公"，所以，人们一般都称温玄子叫"温端公"。解放时，他已六十一岁。他身形很高挑，骨瘦如柴，着黑袍黑裤，蹬桐油漆面的污黑布鞋，黑发披肩，杂色胡须齐胸，随身背负竹剑桃符，左右腰上各挂装满狗血、鸡血的皮囊一个。由于长期在夜间出没，他面色青灰，嘴唇淡白，双眼发红，只要有风的时候，他的黑袍和须发就会飘起，远看颇有仙道风度。但一挨近，你就会感觉到他身上的一股寒意，即使酷热的夏天也会如此。另外，你还会闻到一股夜晚的荒凉气息，一股坟墓的味道，一股森森鬼气。人们都很敬畏他，但很少有人愿意和他接近。他暮行晨归，神出鬼没，所以也很少有人能在白天见到他。这使他显得很是神秘。

刘支书埋下去不久，坟曾被人刨过，拿走了那杆陪葬的铜烟锅。当时就让人觉得奇怪，因为他的尸体并没有腐烂，家人重新把他埋好后，三个月过去，问题出来了，他坟上寸草不生……这就有些吓人了。为啥？因为三个月坟上不长草，按照过去的说法，埋在下面的人就可能变成罗刹了。他会从坟里爬出来，先吃鸡，然后吃人。因为之前死人变成罗刹的事只是传说，现在这个村支书有可能变成这样的东西，每个人都害怕，没人敢再从他坟前经过。太阳一落山，每家都关门闭户。马灯已经没用，因为有人说刘支书生前常用那玩意，唬不住他。每家都偷偷找温端公画了桃符，备了狗血。整个村庄充满了恐怖气息。大家都说，这个刘支书就是厉害啊，纵是死了，也不会饶人。

乐坝村人心惶惶，政府觉得这是个问题。在新社会，竟传说死人变成了活鬼，那怎么能行？乡里的书记来到了乐坝，召集全村群众召开现场大会。意思是要以正视听，教育群众不要迷信。乡里人嘛，没多少新奇事，有这样的奇事自然不会放过，所有人都去开会了。主席台就搭在刘支书坟前，横幅上写着"破迷信树新风现场大会"，红旗在主席台两侧招展，乡里的领导端坐在红色横幅下。几个背着步枪的民兵手里拿着掘坟的锄头、铁锨。乡里的书记讲了一通话后，坟被刨开了。

听掘坟的人事后说，他们打开棺木后，都吓得直往后退。他们发现刘支书像个活人似的躺在里面，连上次被人掘坟，抛尸在外头被野狗啃过的手和脸都愈合了，被乌鸦啄掉的眼睛也长在了眼窝里。没有尸衣遮蔽的地方，长出了一拃多长的红毛。他们吓得不行，乡书记倒是镇定，他示意民兵赶紧把刘支书埋上，然后讲了一通唯物主义理论，大会就草草收场了。虽然我们都没有看到，但从那以后，所有人都晓得刘支书三个月了，尸体没有腐烂，身上长了红毛，已经变成罗刹。他们这么说，但我们人民群众没有看到，都不相信。

没想当晚，村长家的鸡就被吃掉了一只。当时，村支书由村长代着，民兵也属他管。第二天，他叫来了三个民兵，全副武装，在自己家守着。刘支书没有再去。但当晚另有两户人丢了鸡。以后，每晚都有鸡被吃掉。

乐坝陷入到了恐惧之中。村长只得去找刘长腿的老婆薛月香，说你们自己家的事，得自己想办法处理，不然，他以后真吃人了，怎么办？那个女人也不晓得该咋办，她老娘说，那东西只有温端公能处理，但现在是新社会……他没有把话说完。村长就说，只要能把那东西收拾了，你们请谁都行。

薛月香只得去请温端公出山。

温端公解放的最初两年，还有生意的，后来就纯纯的新社会，不准捉鬼了，日子过得很艰难。一听说又有生意，就提出要99斤谷子、9斤腊肉、9块钱、9斤白酒、9只公鸡。薛月香嫌他要价高。他说那你就请要价低的。薛月香说，9只公鸡的确太多，我家就3只公鸡。温端公说，那就用6只母鸡顶替吧。几水就他一个捉鬼人，没有办法，薛月香只好答应。

温端公收了东西，画了桃符，备了钢钎、竹签、桃剑、两桶狗血、20斤青冈木炭，在一个阳光很好的正午掘开了坟。温端公念着咒语，把桃符贴在棺木上，然后把在狗血中浸泡过的钢钎从棺盖插进棺材里去。接着，温端公分别在刘支书头部、咽喉、心脏、生殖器四个部位插入竹签、桃剑。然后，温端公打开棺木验看，点燃钢炭，把刘支书和棺木烧成了白灰。他又在白灰上泼了狗血，重新把刘长腿掩埋了。说来也怪，不到十天时间，那坟上就长出了密密的野草。

当时没人敢在场，听温端公自己说，那是他一生遇到的最厉害的罗刹。当钢钎插进棺材后，整个棺木开始震动，刘支书在里面死命挣扎，同时传来水獭发情时的那种叫声。他打开棺盖后，看见刘支书身上的红毛更长了，獠牙已经伸到嘴巴外面。但阳光使支书迅速萎缩，他趁势把狗血泼进棺木里，刘支书发出一声令人心惊胆战的尖啸，红毛消退，尸体开始腐烂，不到三分钟，就成了一具骷髅。

革命军人林二吉说

人们都说最有可能杀掉刘长腿的人是我。我的确想杀他，只可惜没有机会了。

我当兵第二年，就收不到陈婉然的信了，寄的钱也退了回来。我当时感到很奇怪，猜测她的出身使她的处境变得艰难了，还有一种可能是，她可能嫁人了。后来才知道，当时村里的人都相信刘长腿说的，我在朝鲜牺牲了。他还说我与陈婉然的婚姻不算数，是地主阶级想利用我。说我还是个孤儿，所有的材料都由政府保管，他们都相信。后来，县公安局那个黎局长到他家里搜查，才发现我写给陈婉然的所有信件，被他塞在了墙缝里。明摆着，他是要打陈婉然的主意。

我解放的当年也就是1949年底就想去当兵，但刘长腿说我还跟地主阶级纠缠在一起，立场不清，政审没有通过。因为考虑到自己要经常照顾陈婉然和我干娘，刘长腿那一关还是过不了的，所以对当兵就死了心，1950年征兵时我没报名，不想刘长腿主动动员我去。当时的年轻人都想去朝鲜打美国佬，好多人不知道美国在哪里，就问政府的人，政府的人说，不管美国在哪里，反正它是我们的敌人，但我们不怕它，他们不过是些纸老虎。我们又问美国人长得啥样，他们说，妖魔鬼怪长啥样，他们就长啥样。

就这样，我在1950年年底入了伍。在沈阳训练了三个月，1951年4月，我们师开到了朝鲜。我跟美国人打了两年多仗，受了四次伤，但每次在医院躺上一两个月，我又到前线去了。因为我有文化，一到部队就挺受重视，新兵训练结束，就当了侦察连的文书。我的确没想过要活着回来，我成了一个打仗不怕死的人。我想我如果成了烈士，陈婉然就是烈属，我牺牲了，她就可以开始新的生活。三班长牺牲后，我当了三班长。

有一次，我们班负责去偷袭敌人的一个油库。我们摸掉哨兵，把油库给炸了，那大火直冲夜空，把天空都烧红了。全班只有张长福挂彩，也是运气好，回撤的时候，附近一个车场的守军大多到油库救火去了，我们顺手捞了一把，又摸进车场，给炸了一通，装甲车、运兵车、油罐车，轰轰地连着爆，跟放大爆竹似的，炸飞的轮胎、车门追着我们的屁股跑。我因此立了功，成了战斗英雄，提干当了排长。在接下来的一场战斗中，一颗子弹从后面穿过我的肚子，一块弹片又削掉了我右大腿上的一块肉，我回安东养伤，给陈婉然写过信，也收到过她的回信。但从那以后，就再也没有音信了。那时候，部队的伤亡大，基层指挥员阵亡的多，伤好后，我被任命为侦察连副连长。当副连长才半年，因为连长重伤回国，我接替他当了连长。1953 年7 月 27 日停战协议签订后，部队分批回撤，我们师是第二年 5 月 20 日回国的。从朝鲜回来，我就想回家，我想知道陈婉然和我干娘怎么样了。但部队回国后，事情太多，一晃又是大半年过去了。

有一天，政委叫我到招待所去，说老家有人来。从他们那里我才知道刘长腿已经死了，才知道陈婉然和我干娘一切尚好，也才知道了我为什么收不到陈婉然的信。

不管怎么说，我听到刘长腿惨死的消息后，还是很难过，因为我们毕竟是一起长大的。但也觉得他死有余辜。他死了，我对陈婉然和我干娘的处境就放心了。我托李公安给她们带了一封信、一张照片，还有一点钱。

当年年底，我在告别老家四年后，终于回来了。老家的一切都让我激动。这些尘土、风、庄稼、树林、野草的味道让我陶醉。

不知道为什么，我的心好像不属于我了，它蹦跳得我根本管不住它。我不知道有多少次梦见过家乡，而梦中总有她在。这样的梦做多了，两个人就成了永难分离的一个人。我第二次负伤时，差点丢命，在战友把我抬往野战医院的路上，我昏迷着，醒来后，记起我梦见自己和她成了真正的夫妻。她躺在我身边，我的头枕在她的头发上。

离家还有三里远，消息已传到陈婉然那里。陈婉然背着干娘站在路口迎接我。她换上了那件几年前我们结婚时穿过的蓝印花布衣服。她的头发一看就知道是把木梳在水里浸湿后梳过的，油亮光滑。干娘瘦小了好多。她用枯干的手抓住我的手，把我看了半天，说，是二吉，真的是二吉。陈婉然两眼泪光盈盈，却说不出一句话来。她的脸比以前粗糙了，看着她那副社会主义新人的样子，我满心欢喜。我说，你看，我好好地回来了。她含着满眼泪水，咧嘴笑了。她笑起来还是过去的样子。

我出门四年，成了战斗英雄，成了副营职军官，每个人都觉得我像个传奇。有人甚至说是我干爹陈文禄在保佑我。

我自己的窝棚因为陈婉然的照料，跟我走时一样。村里说我是战斗英雄，又是部队领导，不能再住那个窝棚，要把刘长腿的老婆赶出去，把她的房子分给我，我没有同意。

我跟陈婉然说了要接她随军去。我还说了我们的部队驻在沈阳，像她那样的文化水平，一定能找一份很好的工作。她说，她不去。我问为什么？她说她是地主的女儿，不想影响我的前程。我说我这前程已够好了，有什么可影响的？她问那你开始为什么不真的娶我？我说我怕我去打仗后回不来了。她低下头，接着说，你离开后，我每天都在想你，牵挂你。刘长腿告诉我，说你战死了，我当时就跟刘长腿说，我生是你的人，死是你的鬼，我不会再嫁任何人。我说，我在朝鲜只想死去，只想让你成为烈属。她扑到我怀里哭了。

我在家里只待了十天时间，就带着婉然和岳母到部队去了。婉然在我们部队的八一中学当了一名老师。第二年，我们第一个孩子出生。从那以后，我们再也没有回过乐坝。

军属陈婉然又说

你问我还有什么可说的？我得想想。

我父亲被镇压后，我们家的境况可想而知。除了林二吉，没人再跟我们往来。解放后，刘长腿不承认我爸是他的养父，说他只是我们家一个自幼就受剥削的长工。他把林二吉定为我父亲的狗腿子，好多人不同意，说林二吉是狗腿子，你刘长腿也是。没有办法，他才给林二吉立了户，定了贫农的出身。

父亲被枪毙后，林二吉帮我们把他背回来，掩埋了；又帮我们割了茅草，盖了两间茅屋，他也在离我家不远的地方搭了一个窝棚。他一直照顾着我和我娘。

刘长腿任何事都压着林二吉。政府让二吉到村小当老师，他不同意；到乡上去工作，他说他是地主阶级的残渣余孽；去当兵，他开头也阻挠。他自己分了我家三间房子，对林二吉却连屋檐也不给。最让人恶心的是，他还打我的主意，想我嫁给他。我说我就是死也不可能。他老来缠我，我有一次就跳了河，林二吉把我救上来，和他打了一架，他朝林二吉开了一枪，把他的右腿打伤了。这事被乡上的书记知道后，批评了他，说作为一个贫农，你怎么能打另一个贫农？还有，你作为一个贫农，怎么能去打一个地主女儿的主意？你以后还想不想进步了？他这才收敛了。后来，他就盯上了我二娘，把我二娘当作耕牛、农具一样，分给自己做老婆了。但他对我一直没有死心。

有一天，林二吉跟我说，他要去当兵。我嘴上说好，心里却在想，你走了，我和我娘更是无依无靠了。我不当兵，我就保护不了你。我当时没明白他的话。他说，我到了部队，一定会好好干，我要成为干部，然后把你和干娘接出去，你到了一个新地方，就可以去从事新工作。我当时一听，眼泪流了一脸。但刘长腿会让你去吗？我要去试一下，在这里，你我永无出头之日。第一年，刘长腿没有同意他去。但第二年，他却很支持，还主动到乡上找了人。可能真如后来很多人说的，他是想二吉去送死。我很难过。但我也想，他也许会到另外的部队去，不会上战场。

他收到入伍通知书后，来到了我家，跟我和我妈说，他要跟我们商量个事。我妈让他说。他看了我一眼，很镇定地说，我要跟婉然妹妹结婚。我妈一听，吃惊地看着他，我也觉得很唐突。我说，二吉，你在开玩笑吧。我妈说，二吉，这个，的确太突然了。还有，她是地主的女儿……干娘，我不是真的要跟婉然妹妹结婚，我跟她是假结婚。我妈问，你为啥要这样做？他说，这样，你们就是军属了，我是到东北去当兵，有很大的可能要上前线。假如我真上了战场，有什么不测，你们就是烈属，你们的日子就会好过些。以后有机会了，婉然离开这里，再成个家就是。我和我妈听完，就哭了。我妈说，二吉，你怎么这么傻啊，这人世就你一个傻娃娃！我没有擦满脸的泪水，抬起头，说，二吉哥，我要真的嫁给你！他不同意。他说，为了干娘，你要听我的，我们假结婚的事，只能我们三个人知道。我妈拉住他的手说，娃，这可委屈你了。

他要跟我结婚的消息一宣布，全村人都很吃惊。好多人阻止他。村长亲自劝他，你好好一个贫农，找个地主的女儿，以后在部队干得再好，恐怕都没啥前途。他不听。我们举行了一个非常简单的婚礼。没有客人，乡邻也没人到场，我连一件新衣服都没有——是我二娘，也就是刘长腿的老婆，可能是念及父亲对她的好，现在唯一的女儿要出嫁，心里过意不去，把自己一件新超襟花布衣服偷偷送给了我。我就穿着它和穿着新军装的林二吉结了婚。

他第三天就走了。开头三个月还能收到他的信，说的都是他训练的事。后面就没有消息了。这跟我们村其他几个上前线的人一样。没有音信，表明他已经到朝鲜了。我和妈都很牵挂他。妈一有空就偷偷念经，请佛祖保佑他；我也在心里祈求他平安无事。过了三个月，我再次收到了他的来信，他说他在安东，身患小疾，正在休养，很快即可痊愈，重返部队，并汇来了他半年来积攒的津贴。我和妈非常高兴，也给他回了一封信，说自他走后，因是军属的缘故，村里人对我们已改变很多，刘长腿依然作恶，但在我和妈面前已不敢骄横。家里一切都好，你只管保家卫国，英勇杀敌，万望勿念。虽说我们是假结婚的，但他离家后，我真的非常牵挂他。

然后又是好久才有他的音信，但他每个月至少都会写一封，装在一个信封里寄给我。说前一段时间部队训练太忙，到了部队才知道文化知识非常重要，他十分感激我父亲送他上学。他还说他很想念我，我是他唯一的亲人。他说他表现很好，已升任排长。

这封信收到不久，我收到了林二吉给我娘汇来的五十元钱，还有他的喜报，喜报上说他是特级战斗英雄。随后，我们村跟他一起入伍的李正元的儿子李书文的阵亡通知书到了乡上。我非常担心。我好多次都梦见他浑身是血，从血水里爬起来还在冲锋。我不管他有没有消息，一个月至少要给他写一封信。

但此后再也没有他的来信。有一天，刘长腿说，林二吉也战死了。我的脑子一下就蒙了。我问他二吉怎么死的。他说，林二吉是革命烈士，你一个地主的女儿有什么资格来问？我说我是他女人。他说，你怎么配做他的女人？你和他结婚只是你们的阴谋，是想利用我们革命战士、战斗英雄来做靠山，来达到不可告人的目的。我想确知林二吉的情况，就说，那我看一眼他的阵亡通知书总可以吧。他说，林二吉是孤儿，人民政府是他的父母，他的所有东西都由县人民政府保管。

我在刘长腿面前没有流一滴泪。但离开他后，我大放悲声，浑身寒凉，像是死了一样。

陈婉然的母亲说

我首先要跟你说，我其实没有瘫，但为了杀死刘长腿，我这么多年一直装着。

你是作家，你喜欢给人讲故事。故事得有个结局，没有结局，你这个故事就完不了，就跟人没有死这一辈子就没法结束一样。我的日子不多了，你既然在我回光返照的时候赶来，我就把这个故事的结局告诉你。

我说刘长腿是我杀死的，你肯定不会相信。正是因为没有人相信，这个案子才没有破了。

我是最有理由杀他的人。我把他养大，他却杀了我的丈夫、他的养父。他说二吉在朝鲜死了，但我女儿是他的家属，却没有收到半张纸。我晓得他一直在打我女儿的主意。

我嫁到陈家前，演过川剧，陈文禄就是看我演《牡丹灯记》时看上我的。他娶一个演戏的女子回家，家里很是反对。但他不管，说他已决意娶我，不然则终身不娶。《牡丹灯记》是一出鬼戏，讲人鬼情恋。当时就有人说我能把女鬼演活，该戏演后，整个县城七日之内，太阳落山，无人敢夜出。我想起了这出戏，便想了个收拾刘长腿的办法。

第二天，我在挑粪时故意摔到岩下，从此装瘫，起不来，啥活也不能干了。乐坝的人都相信我是彻底瘫了。就这样过了半年，我开始实施我的计划。乡下人都信鬼，我先扮了一段时间的鬼，搞得乐坝鬼气森森的。说句实在话，我自己装鬼都装得害怕，有时候觉得自己真是鬼了。但为了女儿，我要继续装下去。人人都信鬼，是因为我们心里都有鬼。没有人知道那些鬼是我装的。村里的人也偷偷请温端公来降过。他把一生的本事都使出来了，鬼却出没得更频繁了。是啊，他靠降妖捉鬼吃了大半辈子饭，可能真有捉鬼的本事，但我这个人装的鬼他却一点办法也没有。

为了保住自己的脸面，他只得长叹一声说，这鬼到了新社会，比以前厉害了，连本端公也拿它没办法了。这让人们更加恐惧。

我觉得时机已经成熟。那天刘长腿到队长家喝酒，我晓得他喝完酒后定会来缠我女儿。天擦黑的时候，我把女儿支到陈文元医生家去给我抓药。我装瘫、装鬼的事都瞒着她。我知道她天黑怕鬼，一个人不敢回来，会和陈文元的小女睡。

女儿走后，我就爬了起来，把自己装扮成陈文禄被刘长腿打死时的样子，端坐在一进门的屋子中间。听到刘长腿的脚步声和打嗝的声音，他叫了一声婉然妹子，推开了门，拿马灯在屋里乱晃了几下，一下把我罩住了。我学陈文禄的声音叫了他一声长腿子，只听他叫了声我的娘呀，咚地倒在了地上。这个口口声声信仰唯物主义的家伙，竟然吓晕过去了。

我赶紧按他死前的那个样子打扮他，然后拿起他的汉阳造，把自己挂在房梁上，从上面看着仰躺着的他，像是我能飞似的。

朦胧的月光照在他的脸上，他脸上全是汗。过了约莫一袋烟的时间，他动弹了几下。我又学着陈文禄的声调，幽幽地叫了一声，长——腿子啊——。他吓得"呜噜"叫了一声，睁开眼，看见我就飘在他的身上。我拿出了他枪毙陈文禄的汉阳造，"娃——，这是——你——毙我时——

用的枪——"，我看到他的腿发抖发软，差点跪下，却转过身，要逃出门。他伸展的手臂横在门框上，"哐"的一声，被撞得后退了几步。他"呜噜"一声叫喊，侧过身，冲出门去。我从房梁上降下来，点燃了事先备好的一颗炮仗。他一定以为我开了枪，吓得伏低身子，跌跌撞撞地没命飞逃。我把身上和以前装鬼用的行头从草堆里找出来，在灶膛里一把火烧了。他没有拿走的马灯和那支汉阳造我当晚就扔到了他屋后的核桃树洞里。那个树洞有一丈多深，你如果不信我说的话，现在还可以把那马灯和汉阳造从树洞里找出来。

处理好这一切，我重新躺回到床上。忽然想起当年为演好《牡丹灯记》，看过的资料中有清人全祖望写的《双湖竹枝词》，便吟唱起来：

初元夹岸丽人行，
莫是袁家女饭僧。
若到更深休恋恋，
湖心怕遇牡丹灯。

唱完，听到刘长腿家的喧闹，我长出了一口气，很快就睡着了。

2015 年 4 月，成都雨中

在高原与低地之间
（代后记）

把《天堂湾》《一对登上世界屋脊的猪》和《乐坝村杀人案》三部中篇小说结集在一起，本是随意而为，不想却有了刻意的感觉。它正切合了我生活环境的转换。从高原到低地，也隐含了某种象征的意味。

我在新疆待了二十多年。写作关注的地域也主要在那个地区。其随着我写作的开始逐渐形成——即南部新疆和藏北高原，也就是从塔克拉玛干沙漠到帕米尔高原、喀喇昆仑山脉和阿里高原之间沙漠、绿洲和冰峰雪岭之间那块荒芜之地。那些已被流沙湮没的故国、曾经在荒原上开垦绿洲的拓荒者、生活在高原上的游牧民、驻守在极边之地的士兵，都成为我写作的对象，这是我的一个文学王国，寄托着我对世界的浅陋看法。我熟悉那里的一切，从一粒沙到含氧量很低的空气。严酷的自然环境与人之间会有一种什么样的关系？人在其中会有怎样的蜕变？后来发现，人类可以适应一切，即使地狱也不在话下。因为人类本身自带天堂。

但这些要用小说来表达，却非易事，因为大自然和人类都是难以理解的。这个王国地势的低平与高拔、民族的绚烂、文化的异质，更增加了认识它的难度，所以我庆幸自己在南疆生活的经历，庆幸无数次的旅行，前往阿里的旅程那么艰险，但现在回想起来，却那么珍贵。

1996 年 7 月，我从解放军艺术学院毕业后，希望前往南疆工作，后来如愿到了帕米尔高原的一个边防团当排长。前往帕米尔高原的途中，车上只有我一个汉族人。中巴公路坑洼不平，老旧的客车颠簸得很厉害，但车上的塔吉克人、柯尔克孜人、维吾尔人却一直在歌舞。他们的乐观令我感动，我当时就有一个心愿，要为这座高原写一本书。在高原上生活的那几年，我一直在为此作准备，我希望自己能成为塔吉克人中的一员。我几乎去过高原的每一道皱褶，我学会了骑马、骑牦牛，认识了很多塔吉克乡亲，在毡房里和他们一起喝酒、吃肉、啃馕，我喜欢那里的简单和质朴，喜欢那种超验主义的生活方式。

在那段时间里，在帕米尔这个"世界的扣结"上，在这个世界文化的古老的交汇地，我感受更多的是中亚文明的光芒，是塔吉克这个游牧民族的生活形态。我站在世界屋脊之上，感觉整个世界均可俯瞰。在这里，我看待事物的眼光发生了很大的改变。我曾经奉为信仰的写作和我本身一样，逐渐变得轻微。我要为自己，为自己的写作——如果有可能继续写下去的话——添加一种更重的物质。如果文字是一群牲畜，我是一个牧人，我需要寻找到一片新的、丰美的草场。我信奉波斯诗人萨迪的漫游，并开始践行，我利用各种机会，走遍了新疆，藏北、川北和云南，但我去得最多的是南疆。接近十年的漫游，我把这个广阔的、山脉纵横的、带有传说色彩的地域变成了我视野和内心的"小世界"，它帮我理解了很多事物，帮我发现了人类内心中的爱和善良——这个世界存在的理由。

2006年9月，当我再次回到帕米尔高原时，距我第一次上高原刚好十年。那十年，我背对文坛，在纪实中寻找虚构的源头。而在乡亲和朋友的眼里，我是一叶漂萍，是一个行踪不定的远行者。

在我就要离开高原的前一天晚上，躺在塔合曼草原的毡房里。夜晚很安静，可以感觉到慕士塔格峰高耸在夜空之中，晶莹剔透。长期的高原生活曾损伤我的记忆，但在那个时刻，之前高原生活的一切——我的感受和见闻，都一一浮现在了我的眼前。那一扇门就在那一夜豁然洞开。它们就在那里，同时给予我的是一种与其气质和个性相匹配的文字，我只需要把它们写出。这使我不禁潸然泪下。我重新开始了自己的小说写作。

在《天堂湾》这篇小说里，就有我前往阿里高原的体验。那篇小说其实写的是前往天堂湾的一趟旅程，只不过我给这趟旅程赋予了象征意味。就连这个故事本身，也是我在 1998 年 9 月驻守于喀喇昆仑山口的一个边防连采访到的。

那个连队驻地的海拔是 5380 米，是生命禁区。我在那里听到了一个军官到连队报到时因高山缺氧如厕猝死的"事迹"。因为后来的士兵对他知之甚少，此后也再没人追究过他短暂的人生。讲述者说得极为简单，不足十句话就把那名牺牲者的事说完了。他葬身高原，由于大地常年冰冻，很难腐朽。当我站在他简陋的坟茔前，能感觉他的青春气息依然能从冰冷的泥土下散发出来。同时，我也能感受到亡者灵魂对死亡的迷茫。这个故事多年郁积心中，渐成块垒，却形不成文字，每每想起，异常沉重。

2007 年 8 月，我在读上海作家研究生班时，得知有一次上阿里高原边防一线连队代职的机会，我再次想起那位"不朽"的军人，想起一晃已七年未再祭奠他，便要求前往。得到批准次日，我便从上海浦东机场直飞乌鲁木齐，在家里停留一夜，再飞喀什，然后驱车三百余公里，到叶城搭乘军车再行一千六百余公里，翻越昆仑、喀喇昆仑、冈底斯诸山脉，行程十日，终于到达喜马拉雅山脉下的达巴边防连。

我这次是乘坐汽车团运送军用物资的卡车上高原的，这使我得以更真切地体验当年那位学员在途中的经历。虽然此前我已两次抵达过达巴，但这次因是从上海出发，由繁华之地来到无边大荒，反差之强烈，如同来到月球。在金色的达巴古城下，面对喜马拉雅延绵于云天之上的无尽雪岭冰峰，我又想起了那名猝死的军人，竟忍不住泪如雨下。

对生命的尊重一直是我们需要学习的课程，但我们至今没有学会。即使无数士兵战死沙场，为国捐躯，最后也只有一个大概的数字。他们的姓名被"无数"所代替，化为"无名"，就像那位军人，讲述者已记不起他的名字。所以，我决心无论如何要让这个无名者在虚构中复活。

在达巴边防连，我认识了一位姓马的连长。他给我讲述了他的经历，讲他当年如何怀揣英雄梦想，来到极边之地，如何靠着信念，在这里生存下来，履行职责。我觉得他就是那位活着的死者，他成了这篇小说中杨烈的原型。我跟他讲述了那个军人的故事，他悲哀地叹了一口气，说那个家伙死了其实挺好的，至少他的梦想还可能活着。

理想消散，信念不存，英雄也就走到了末路，很多人就此凋零。这包括所有怀有英雄情结的人。这个认识使我找到了写作这篇小说的理由，有了这个理由，小说的成形，也就顺理成章了。

《一对登上世界屋脊的猪》是"白山"系列中的一篇。其中的许多细节其实是我在帕米尔高原工作时，到红其拉甫前哨班带哨（相当于哨长）时的体验，我把它移植到了喀喇昆仑山深处的一个哨所里。在那里，我们曾经养过一只小狗，但它因为不能适应高原反应，最后夭亡了。几个战士真的为此嚎啕大哭，好几天吃不下饭。在高原，人与马、牦牛、狗——任何一种动物的关系都会是平等的，因为人需要它们来验证自己的生存境遇，需要它们来排解内心的孤独。那对绰号叫"黑白猴子"的猪其实是为了映衬人类。人畜之间的相依为命，烘托出了人类的孤独感。最后，小说的主人公变成了蓝色的，且进入入定状态，进入了常人难以达到的境界之中。而这对猪过年被宰杀后，变成了黑白天使。当然，我的本意是想写一个关于谎言的寓言，但如果没有地域和我体验到的生活的独特性，这个小说就没有那么多意趣。

2012 年底，我调到成都工作，我开始再次接触阔别二十多年，位于大巴山区的故乡。这里感觉要狭窄一些，但想象的空间异常广阔。它与我在新疆建立的文学地域从情感上讲是一体的。二者的共性是：都被遗忘，都不被世人了解，都是偏僻荒远之地，历来都是苦难之域。但它们在我心中，都能飞升起来，在天空中重新结合为一体，成为同一个故乡，同一个王国，成为我心中的神山圣域。

我对故乡的讲述总是异常谨慎。老家有"乐坝"这个地方，但在我的写作中，它是想象出来的。之前我曾试着写过一篇老家一个酒鬼的故事，和《乐坝村杀人案》一样，都是小时候父亲多次讲过的。《乐坝村杀人案》中的故事随着时间的流逝，越来越清晰。很多年来，我都在孕育它，希望把它从一个乡野之谈孕育成一篇小说，但直到2014 年才得以完成。通过一起乡野凶杀案，我试图揭示乡村生活的残酷。而尤为重要的是，我开始有勇气和信心来写故乡的人，讲述发生在故乡的故事了。

这个开始，对我的写作来说，无疑是一次更冒险的旅程。

卢一萍

2016 年 3 月 17 日于成都江安河畔